Hermann von Schmid

Die Auswanderer

Volksschauspiel mit Liedern in vier Akten

Hermann von Schmid

Die Auswanderer

Volksschauspiel mit Liedern in vier Akten

ISBN/EAN: 9783741184611

Hergestellt in Europa, USA, Kanada, Australien, Japan

Cover: Foto ©Andreas Hilbeck / pixelio.de

Manufactured and distributed by brebook publishing software
(www.brebook.com)

Hermann von Schmid

Die Auswanderer

Die Auswanderer.

Volksschauspiel mit Liedern in 4 Akten

von

Herman Schmid.

Stuttgart.

Hoffmann'sche Verlagsbuchhandlung.

(Wilhelm Nübling.)

Druck von C. Hoffmann in Stuttgart.

Vorwort.

An die beiden bereits erschienenen Volksstücke Herman Schmid's „Der Tatzelwurm" und „Beethoven" reiht sich hier das dritte jener Stücke, welche ihre Entstehung der Zeit verdanken, als dem Verfasser die Leitung des von König Ludwig II. gegründeten Volkstheaters in München übertragen war, und mit welchen er den doppelten Zweck verfolgte, seine Ansichten und Grundsätze über dramatische Volksdichtung durch praktische Beispiele zu illustriren und zugleich seiner Bühne Stücke zu verschaffen, welche in diesem höhern Sinne gedacht und gehalten waren.

Der glänzende Bühnenerfolg, der ihnen in München und auch anderwärts zu Theil geworden, dürfte wohl der beste Beweis für die Richtigkeit des von Herman Schmid angedeuteten und selbst eingeschlagenen Weges sein.

Durch diese Veröffentlichung ist den Bühnenleitungen Gelegenheit gegeben, jenen Stücken und nun auch den „Auswanderern" ihre Aufmerksamkeit zuzuwenden und ihre Repertoire an volksthümlichen, auf die Massen in edlerem Sinne berechneten Stücken zu bereichern.

Daß ein Solches dringend Noth thut — daß die Volksbühne (zumal seit der unheilvollen Freigebung des Theaterbetriebes und durch denselben) einer raschen Verwilderung entgegen geht, welcher nur mehr

4

 der gedankenlose Augen- und Ohrenprunk, oder die Frivolität behagt, wird jeder Freund des Vaterlandes beklagend zugestehen.

In den „Auswanderern" zumal hat der Dichter nach einem Stoffe gegriffen, der gerade jetzt durch alle gesellschaftlichen Verhältnisse seine Wurzeln treibt. Die Behandlung ist warm und gemüthvoll, und die glückliche Mischung des Komischen verbreitet über das Ganze einen Hauch ächten Humors, der das Buch allen Freunden von Herman Schmid's Erzählungen und Dorfgeschichten willkommen machen wird.

Personen.

Jakob Riedl, Klostermairbauer.
Sabine, seine Mutter.
Rose, sein Weib.
Hanne,
Georg, } ihre Kinder.
Die Näher-Lise.
Ulrich Hutter, Bauer.
Martin, Bauernknecht.
Christl, Nachtwächter.
Der Hahnenwirth.
Rudolf.
Federer, Auswanderungs-Agent.
Vibius Ignatius Schwarzberger,
Hannibal Garibaldi Rothhuber, } Bürger einer kleinen Stadt.
O'Gough, Schiffskapitän.
Jack,
James, } Matrosen.
Oberst Taylor, Amerikaner.
Oylsha Koakl (der weiße Rabe), Indianerhäuptling vom Stamme der Comanches.

Landleute. Auswanderer. Matrosen. Indianer.

Die Scene ist im ersten Akt in einem Gebirgsdorf, im zweiten auf einem Schiffe in offener See, im dritten und vierten in Amerika in einer Gegend am Arkansas.

Zwischen dem ersten und zweiten Akt liegt ein Zeitraum von einigen Wochen, zwischen dem zweiten und dritten von einigen Monaten.

———

Erster Akt.

Freier Platz in der Mitte eines Dorfs. Links im Vordergrund ist das Wirthshaus, mit einem Hahn im Schilde; vor demselben eine Terrasse, zu welcher Stufen hinaufführen. Auf dieser, wie um die Stufen herum sind Sitzplätze und Tische für Gäste angebracht. Rechts gegenüber ein ansehnliches Bauernhaus, Kiebl gehörig; vor demselben ein kleines Gärtchen mit niedrigem Staketenzaun. Letzterer ist gegen die Zuschauer offen und hat gegen die Mitte der Bühne eine Thür; zwischen dieser und den Sitzplätzen vor dem Wirthshause bleibt so viel freier Raum, als eine Dorfgasse bildet. In der Mitte seitwärts links die Dorfkirche mit dem Kirchhof, über dessen Mauer einfache Grabkreuze herüberragen. An der Kirche vorbei sieht man in die Dorfgasse hinab, welche eine leichte Anhöhe hinansteigt und oben in die querlaufende, mit Bäumen besetzte Landstraße einmündet. Den Hintergrund schließt hohes Gebirge ab. Beginnende Abenddämmerung. Die Ouverture geht in eine Einleitung des folgenden Liedes über. Während dessen kommt ein Zug von Landleuten und Kindern beiderlei Geschlechts, verschiedene Erntewerkzeuge tragend, über die Anhöhe herab, in ihrer Mitte ein beladener Kornwagen. Alles bekränzt und geschmückt. Im Garten vor Kiebls Hause sitzt Lise und näht.

Erster Auftritt.

Chor.

Nach des Tages Müh und Fleiß
Sei willkommen, liebe Ruh!

Nach dem Tage, lang und heiß,
Abendkühl, wie süß bist du!
    Dir zum Gruß,
    Tönt am Fluß,
Tönet Thal und Höh entlang
Sichelschall und Liederklang!

In der trauten Dämmerung
Sei willkommen, friedlich Haus:
Athmend rastet Alt und Jung
Nun an deiner Schwelle aus,
    Und durchs Thal
    Tönt zumal
Mit der Abendglocke Klang
Sichelschall und Liedersang.

(Den Refrain des Liedes begleiten die Schnitter durch Streichen ihrer Sensen. Während der letzten Strophe beginnt die Abendglocke zu läuten. Der Zug geht während dessen über die Bühne und zerstreut sich im Hintergrund.)

Zweiter Auftritt.

(Lise. Rose.)

Rose (die schon gegen Ende des Liedes unter die Hausthüre gekommen und dem Zuge zugesehen, tritt heraus). Guten Abend — noch so fleißig, Lise?

Lise. Ich bin zu End — es gab so viel zu thun, daß ich mein eigenes Reisegewand bis zuletzt aufsparen mußt ... aber jetzt is's auch fertig und wird den weiten Weg wohl aushalten, so Gott will.

Rose. Leicht, daß ihn das Gewand besser aushält, als wir selbst!

Lise. Habt Ihr Angst? Ich nicht — ich freu mich auf die Reis, auf die

Länder, und Städt' und Leut', die 's da zu sehen gibt.

Rose. Aber, die Müh' und Gefahr! Und dann — Dir darf' ich's ja wohl sagen — je näher der Augenblick heranlommt, wo ich fort soll, je mehr mein' ich, es könnt' gar nicht sein: das Herz müsse mir brechen, wenn ich geh!

Lise. Es ist immerhin ein schwerer Entschluß!

Rose. Siehst du, Lise — da hinter der Linde, in dem kleinen Häuschen bin ich auf die Welt gekommen ··· dort über die Friedhofmaner schaut das Kreuz vom Grab meiner Eltern herüber — in der Kirch' da bin ich getraut worden, hier im Hause hab' ich Leid und Freud erlebt und meine Kinder aufgezogen: Alles, was ich lieb hab', ist in dem Dorf beisammen — — was soll ich jetzt da draußen in der weiten Entfernung?

Lise. Ei, Ihr nehmt ja die Eurigen alle mit — und wenn's Euch gar so am Herzen frißt, warum geht Ihr dann fort?

Rose. Weil's mein Mann halt durchaus will.

Lise. Weil er's will? Da hättet Ihr ihm abreden sollen. Ein Weib kann viel anrichten und Euer Mann hat Euch ja so gern.

Rose. Freilich; 's ist auch ein guter Mann. Ich hab' ihm wohl auch abg'redt, aber ich hab bald das Herz nicht mehr gehabt dazu — so hab ich ihn all' mein Lebtag nicht geseh'n!

Lise. Ei, wie denn?

Rose. Erst wurde er roth bis unter die Haare und dann blaß in den Mund hinein ··· Seit der Geschichte mit dem Amtmann ist er eben ganz verwandelt.

Lise. Was für eine Geschichte?

Rose. Sie haben der Gemeinde aufbürden wollen, sie solle die Kirche frisch herunterputzen und vergolden lassen — mein Mann war Vorsteher und hat's nicht gelitten — wenn die Gemeinde so viel übriges Geld hätte, sagte er, so solle sie ein neues Schulhaus bauen, eh' das alte einstürzt — — — darüber ward

ihm der Pfarrer aufsäßig uud wie's an's Bezirksamt kam, war der Amtmann auch wider ihn, und fuhr ihn an, daß er ihn schon lange kenne, daß er ein Hetzer und Rebeller sei und kein Christenthum im Leib habe — er werde ihm aber den Bauerntrutz schon austreiben, bis er mit Bündel und Stecken zum Dorf hinauswandere.

Lise. Das ist freilich bös.

Rose. Mein Mann vertrug's nicht. Das bringen Sie nicht zu Stande, Herr Amtmann, sagte er entgegen, aber ich will Ihnen die Müh' ersparen — mein Brod wächst überall. — Drauf ist er hin in der ersten Hitz und hat den Hof verkauft und Alles abgemacht mit dem Agenten und will fort nach Amerika und — ich überleb's nicht, Lise, du wirst es sehn! Mir wird's gehen, wie meinem Gelbveigelstock, den ich im vorigen Herbst aus dem Boden nahm und in einen Scherben setzte — er hat nicht mehr können Wurzel fassen und ist verwelkt! So werd' ich auch nicht mehr eingewöhnen in dem andern Land — — und meine Kinder — — — (ist von Thränen unterbrochen).

Lise. Nicht doch, Frau Rose! Ihr müßt nicht so zaghaft sein! Wer weiß, wie gut es Euch dort geht und ob Ihr nicht zuletzt Gott banket, daß Ihr fort seid! Es lobt ja Alles das Amerika.

Rose. Es ist doch ewig nicht daheim. Ja, wer wie ein Vogel übers Meer fliegen könnte, wenn's kalt wird, und wiederkommen, wenn's warm wird. Ich bitt' dich, Lise, sing' mir das Lied von den Schwalben, — ich hör's gar zu gern.

Lise. Was? Das Lied soll ich Euch jetzt singen? Das wird Euch nur noch trauriger machen.

Rose. Ach nein, ich will denken, ich sei auch so eine Schwalbe, die um's Frühjahr das alte Nest wieder sucht.

Lied.

Die Schwalben, ja die Schwalben,
Die ziehn im Spätherbst fort,

Sobald die Blätter falben,
::: Weit an ein schönern Ort. :::
Und mit den Flügeln klein und zart,
Geht's auf die weite Wanderfahrt,
Die Schwalben, ja die Schwalben,
Die sind bald hier, bald dort!

Die Schwalben, ja, die Schwalben
Beneid' ich um ihr Glück!
Ich möcht mit ihnen ziehen,
::: Wohl über's Meer ein Stück! :::
In fremde Länder flög ich auch,
Doch bei dem ersten kalten Hauch
::: Da käm' ich mit den Schwalben
In's alte Nest zurück! :::

Dritter Auftritt.

(Vorige. Sabine.)

Sabine (aus dem Hause kommend). Guck' mal, hab' ich's nicht gedacht! Da sitzt sie wieder und hat die Augen voll Wasser.

Rose. Ich hab's Ursach', Mutter!

Sabine. Ursach? Guck' mal! Was geschieht dir anders als mir? Bin ich nicht so gut wie du hier daheim und hast du mich schon weinen sehen, weil ich fort soll?

Lise. Die Naturen sind nicht gleich, Klostermairin — Ihr seid eine resolute Frau.

Sabine (zu Lise). Redst du auch mit? Könntest auch was G'scheideres thun, als die da noch trauriger machen mit deinen herzbrechenden Liedern.

Rose. Ich hab sie selber um das Schwalbenlied gebeten.

Sabine. Schwalbenlied?! Guck' mal! Davon hat man zu meiner Zeit nichts gewußt. Da war ein frisches Schnadahüpfl, oder der „liebe Augustin", für uns genug — — aber jetzt! — Nun', ich bin froh, wenn ich aus dem Dorf draußen bin. Ja, schaut mich nur an wie die Kuh das neue Thor, es ist doch, wie ich sag! Was wär denn da, was mich reuen sollt', als etwa die Bäum' und die Häuser? Was lebendig ist drinn und reden kann, das ist wie Hund und Katz übereinander. Vergeht denn ein Tag, wo 's nicht Zank gibt mit dem oder mit der?

Rose (etwas zögernd). Freilich wahr.

Lise (lacht).

Sabine. Freilich wahr? Und die da lacht? Was ist das wieder? Was soll das dumme Lachen bedeuten?

Lise. Je nun, ich — ich hab nur gemeint.

Sabine. Heraus damit! Was ist's?

Lise. Ich hab' mir gedacht, weil's doch im Dörfl meist still heruntergeht ...

Rose. Und weil ich — noch mit keiner Seel' Zank gehabt habe —

Lise. Ob Ihr nicht doch ein wenig selbst schuld seid, wenn Ihr Streit bekommt?

Sabine. Guck mal — ich soll wohl das Zankeisen im Dorfe sein? Bin ich nicht wie ein Lamm, an dem Alles zupft und das sich Alles geduldig gefallen läßt? Wer kann auftreten und sagen, daß ich mit ihm Streit angefangen habe?

Rose. Ereifert Euch nur nicht, Mutter —

Sabine. Ei was — ich ereifere mich nicht! Ich kann mich gar nicht ereifern — ich bin ohne Galle wie eine Taube! Mir so was nachzusagen, die ich die gute Stunde selber bin!

Lise. Still doch! Die Nachbarn könnten denken, Ihr zankt wirklich, wenn Ihr so schreit.

Sabine. Ich schreie? Guck mal! Kann man gelassener sein, als ich? Sie Jungfer Naseweis, wie kann Sie einer Frau von meinen Jahren vorwerfen, daß sie schreit?

Vierter Auftritt.

(Vorige. Jakob.)

Jakob (aus dem Hause kommend). Ei, da gehts ja schon wieder recht lebhaft her?

Sabine (ihn erblickend, hält plötzlich inne). Ah, bist du da, mein Sohn? Der Brunner Niklas hat schon ein paar mal nach dir gefragt.

Jakob. Ihr habt mir doch versprochen, Mutter —

Sabine. So laß nur gut sein — ich hab's schon verstanden — aber du weißt, die fliegende Hitze —

Jakob. Die fliegt Euch mit dem Vorsatz davon; aber —

Sabine. Ich will doch nach den Kindern sehen — wo sind sie?

Jakob. Draußen am Wagen. Ich hab noch vollends gepackt; es braucht nur anspannen und aufsitzen.

Sabine. Du wirst sauber gepackt haben. Da muß ich doch gleich —

(Sabine (eilig ins Haus ab).

—————

Fünfter Auftritt.

(Vorige. Sabine. Dann Georg und Hanne.)

Jakob. Wie sie sich fortmacht, die gute Alte, damit sie meine Predigt nicht hören muß! Was hat's denn gegeben?

Rose. Sie hat gezankt und sich in den Aerger hineingeredet, weil ich da gesessen bin und weil die Lise gesungen hat und — (stockt)

Jakob. Und —

Rose. Ach geh', du wirst auch zanken, wenn du's hörst — und weil ich die Augen voll Wasser hatte —

Jakob. Nein, mein gutes Weib, deßwegen werd' ich nicht zanken! Ich kann mir denken, wie hart dich das

Fortgehen ankommt — fällt's mir doch selber schwer genug! Drum weine dich nur aus — dann aber denk' auch, daß es sein muß und das wird dir die Thränen mit der Zeit schon abtrocknen.

Rose. Jakob, muß es denn sein?

Jakob. Du fragst noch?

Rose. Noch wär's Zeit, wenn du wolltest —

Jakob. Könnt' ich denn, wenn ich auch wollte? Ich habe Haus und Hof weggegeben, jedes Kind im Dorf weiß seit einem halben Jahr, was ich vorhab; soll ich zum Kinderspott werden?

Rose. Daß es so weit hat kommen müssen!

Jakob. Ja, da hast du Recht, das ist traurig genug, aber meine Schuld ist es nicht. Kann sein, daß Andere so was ruhig ertragen, ich kann's nicht; aber in Gottes Namen, Rose, wenn es dich gar so schwer ankommt, so laß mich allein gehen — bleib' du hier, ich gehe ohne Zorn und Unwillen.

Rose. Wie kannst du das nur sagen! Das Weib gehört zum Manne, und wenn ich wüßte, daß es mein gewisser Tod wär', ich geh' mit dir, wohin du willst!

Jakob (sie an sich drückend). Mein gutes, herzliebes Weib! So bleiben wir halt beisammen, bis wir sterben!

Georg und Hanne (kommen weinend aus dem Hause).

Jakob. Da kommen die Kinder! Was habt Ihr denn?

Georg (weinend). Ach, Vater, die Großmutter —

Jakob. Die Großmutter?

Georg. Sie will mich mein Steckenpferd nicht mitnehmen lassen.

Hanne. Und mich meine Docke! (Puppe.)

Jakob. Ei, da hat die Großmutter Spaß gemacht — nimm du immer dein Steckenpferd mit.

Hanne. Und ich meine Docke?

Jakob. Versteht sich!

Georg. Und das kleine braune Füllen, darf ich das auch mitnehmen?

Jakob. Nein, das muß da bleiben; aber wo wir hinkommen, kauf' ich dir ein anderes, ein viel schöneres.

Georg. Frißt es mir auch aus der Hand?

Jakob. Das will ich meinen.

Rose. Die guten Kinder — (George und Hanne schmiegen sich an sie.)

Jakob. Sieh, Rose, die gehen ja mit uns, brauchen wir mehr? Aber jetzt komm', es gibt noch allerlei zu thun.

Georg. Ich geh' auch mit!

Jakob. Nein, Ihr bleibt hier, bis ich Euch hole. Die Lise bleibt bei Euch.

Georg. Dann muß uns die Lise eine Geschichte erzählen.

Hanne. Ja, eine Geschichte!

Lise. Setzt Euch nur her und merkt auf!

Jakob. Wir kommen bald wieder! (Mit Rose ins Haus ab.)

Sechster Auftritt.

(Lise. Georg. Hanne. Rudolf.)

Rudolf (kommt, als bemittelter Fußreisender gekleidet, die Anhöhe herab. — Es dunkelt allmälig.) — Das Dörfchen liegt schön und verräth Wohlhabenheit. Man sollte denken — es fiele Keinem darin ein, sich hinauszusehnen. Es ist, daß man gern sagen möchte: hier ist gut sein, hier wollen wir Hütten bauen.

Georg. Lise, fang an!

Lise (hatte sich bei Rudolfs Eintritt gesetzt, die Kinder vor sich). Gleich, ich muß erst meine Arbeit zusammenlegen und mich besinnen.

Rudolf. Sieh da, das Wirthshaus mit dem Hahn im Schilde. Hier also ist's, wo sich der Zug versammelt. Noch ist Alles leer — ich will ein wenig ausruhn (setzt sich; es kommt Jemand aus dem Wirthshause, der ihn bedient). Das Uebel muß tief liegen, das so einfache Menschen aus so lieber Umgegend treibt. Ach, ich fühl' es wohl am eignen Leid, es ist ein dumpfes Schmerzgefühl, das durch Alle geht. — O Vaterland, theures, herrliches Vaterland — wärst du nicht in so viele Grenzen und Bande gezwängt, du wärst groß genug, um jedem Herzen seinen eigenen Schlag zu gönnen!

Georg. Jetzt aber, Lise! Was erzählst du uns denn für eine Geschichte?

Rudolf (die Gruppe bemerkend, tritt näher). Welch freundliches Bild! Diese frischen Kinder und die Mutter ... Nein, für ihre Mutter sind diese morgenrothen Wangen zu jugendlich.

Lise. Was ich Euch erzählen will? Was ganz Neues — die Geschichte vom Hans Däumling!

Georg. Ja, ja, die erzähle!

Hanne. Wer ist denn der Hans Däumling?

Lise. Das war ein Männ'l, nicht größer als mein Daumen da.

Hanne. Ja, von dem erzähle!

Rudolf. Ich bin begierig —

Lise. So merkt auf — (singt)

Hans Däumling war ein Bauernkind,
War schlank und wohlgestalt;
Nur war er, — ja, ihr glaubt es kaum,
Nicht größer, seht ihr, als mein Daum',
Und war doch sechzehn alt:
Wie der Fink so flink,
Wie der Wind geschwind —
Hans Däumling.

Der Pathe gab als Angebind
Ihm eine Haselnuß,
Die löst die Mutter sorgsam aus
Und macht ihm eine Wiege draus,
Bequem zum Ueberfluß!
Wie der Fink so flink,
Wie der Wind geschwind
Hans Däumling.

Georg. Hat er auch ein Steckenpferd gehabt?

Lise. Freilich, die Mutter hat ein Schwefelholz genommen und ihm eins daraus geschnitzt, und aus dem Fell von einem kleinwinzigen Mäuslein, hat sie ihm sieben Paar Schuhe gemacht.

Hanne. Was will denn der fremde Herr dort, Lise?

Lise. Ein Fremder? Wahrhaftig!

Rudolf. Laßt Euch durch mich nicht irre machen, schöne Sängerin, ich höre auch zu.

Lise. Ei, Herr, mein Märchen ist nur für die Kinder.

Rudolf. Immerhin, so bildet Euch ein, ich sei auch eines.

Lise. Dazu reicht meine Einbildung nicht aus — das wäre mir ein großes Kind.

Rudolf. Aber gewiß ein frommes, ein schweigsames — versucht es nur. — Wem gehören die Kinder?

Lise. Den Leuten hier im Hause.

Rudolf. Eure Verwandten, vermuthlich?

Lise. Nein. Ich hab' keine Verwandten. Ich arbeite hier für die Leut, drum kennen mich die Kinder und haben mich gern.

Rudolf. Das glaub' ich, — aber nun singt Euer Lied doch zu Ende.

Georg. Ja, sing, Lise, sing!

Lise. Wenn Ihr's nicht anders thut — aber das Lied ist gar lang, ich will das Ende singen. (Singt.)

Und wie er starb, ließ man ihm bau'n
Eine Schachtel wohl als Truhe;
Und auf dem Grab in Stein gehau'n,
Ist lebensgroß sein Bild zu schau'n;
Gieb ihm, o Herr, die Ruhe!
Wie der Fink so flink,
Wie der Wind so geschwind,
Hans Däumling.

Rudolf. Ihr habt eine angenehme Stimme und eine gute Art zu singen. Wo habt Ihr es erlernt?

Lise. Gelernt? Ich bin in dieselbe Schul' gegangen wie die Finken und Drosseln um unser Dorf herum — aber ich hab' ein heit'res Gemüth, das singt von selbst.

Rudolf. Gott erhalt' es Euch!

Lise. Dank', ich werd' es brauchen können.

Sabine (im Hause rufend). He! Lise, Hanne, Georg! Wo steckt Ihr? Kommt zum Essen!

Lise. Wir müssen fort; gute Nacht, Herr!

Rudolf. Gute Nacht!

(Lise mit den Kindern ins Haus ab.)

Siebenter Auftritt.

(Rudolf.)

Rudolf (allein). Fort ist sie! Hat mich doch die freundliche Erscheinung auf eigene Weise angeregt, daß ich sie fast ungern scheiden sehe. Aber wundre ich mich, daß es so ist? Die einfache Natur ist immer schön, — wir sehen sie nur so selten, daß ihre Wirkung fast immer ein Sieg über uns ist. — Doch hier ist Alles noch immer einsam; hätte ich den Ort der Zusammenkunft vielleicht doch verfehlt? Ich will den Wirth fragen.

(Ab ins Wirthshaus.)

Achter Auftritt.

(Nach einem einleitenden Ritornell tritt Schwarzberger mit Reisegepäck ein. — Er legt dasselbe ab und singt.)

So lang die Welt steht, ist es Brauch,
Beim menschlichen Geschlecht,
Das Glück sucht Jeder voll Begier
Und Keiner kennt es recht,
Und Keiner hat es noch erreicht,
Und ach, es wär so kinderleicht, —
:,: Ich schau dem Treiben lachend zu,
Und denk' dabei, mich laßt in Ruh! :,:

Die Ruhe ist das wahre Glück,
Sie ist es ganz allein,
Und kommt der Tod einst auf mich los,
Werd' ich nicht grandig sein!
Ich reich recht freundlich ihm die Hand,

13

„Bin mit der Ruh schon lang bekannt:
„Drück mir getrost die Augen zu,
„'s geht ja zu einer längern Ruh!"
So da wären wir endlich! Das war
ein ordentlicher Marsch! Vier Stunden
sollens sein, vom Städtl bis daherüber
— die hat der Fuchs gemessen und den
Schweif dareingegeben! (Setzt sich.) Ah,
es geht nichts über das Ausrasten —
über die Ruh! Ich hätt' mir die müden Füß zwar ersparen können, in einem
Stündel wär' ich mit der Eisenbahn
herübergekommen — aber nichts da!
Ich will von all' den neumodischen Er-
findungen nichts wissen. Wie war's
sonst so schön, wenn man in der Nacht
den Eilwagen hat kommen hören und
das Posthörnl dazu blasen — — jetzt
pfeift die Lokomotive, daß man voller
Schrecken auffährt aus dem Schlafe —
Sonst hat man dem Takt von den Dresch-
flegeln zugehört, jetzt heult die Dresch-
maschine, wie ein wildes Thier... Sonst
sind die Weiber und Mädeln mit den
Spinnrädeln herumgesessen, oder haben
genäht und geplaudert und Geschichten
erzählt — jetzt spinnt und strickt der
Dampf und man hört nichts mehr, als
das Gewackel der Nähmaschine, daß
man sein eignes Wort nicht versteht.
Drum hab' ich's nimmer ausg'halten
und will fort nach Amerika — dort
solls Länder geb'n, wo gar keine Ge-
genden sind — ich glaub' Prairien heißen's — da gibts auf viele Stunden weit
keinen Menschen — eine solche such' ich
mir aus, da werd' ich gewiß meine
Ruh haben. Freilich werd' ich viel ent-
behren müssen und ohne Langweile wird's
auch nicht abgehen: aber das thut nichts
— lieber richt' ich mir einen Bären ab,
oder ich nehm' ein paar Wilde zur Unterhaltung — eh' ich länger hier bleibe.
Aber mein Magen will vor der großen
Reise noch von der inländischen Kost
Abschied nehmen — er wird sich an
allerlei gewöhnen müssen, drum will ich
ihm den Gefallen thun.
(Ab ins Wirthshaus.)

Neunter Auftritt.

(Hutter und einige Bauern kommen von
verschiedenen Seiten und nehmen, sich grüßend,
an den Tischen vor dem Wirthshause Platz.
Martin setzt sich seitwärts; er hat einen
Bündel neben sich. Der Wirth bringt Krüge
und bedient die Bauern. — Es ist dunkel
geworden und wird bis Ende des Aktes völlig
Nacht.)

Wirth. Wohl bekomms, Nachbarn!
Auf die Hitz heut wird der frische Trunk
schmecken.

Hutter. Ich wüßt' viele Jahr her
nicht, daß die Erute so gut ausgefallen
wär'!

Wirth. Ja, der liebe Gott hat seine
Hand drüber g'habt — die Aehren sind
voll und schwer.

Hutter. 's ist eine Lust, wenn Alles
so geräth. Da ist die lange saure Arbeit geschwind vergessen und bezahlt.

(Martin lacht höhnisch vor sich hin.)

Hutter. Was lachst du, Bursch?
Hast du was einzuwenden gegen meine
Red?

Martin. Nein, ich hab nur Be-
dauerniß mit Euch!

Hutter. Du mit uns? Ei warum
denn?

Martin. Weil Ihr so leicht zufrie-
den seid. Das ganze Jahr lang schin-
det Ihr Euch in Hitz und Kälte, im
Stadel und Stall, hinter Pflug und
Drischel, und Ihr habt von Allem nichts,
als den Bodensatz, wenn der Gutsherr
und der Pfarrer das Fett und die Supp
abgeschöpft haben. Na, ich hab' meinem
Bauern den Dienst aufgesagt, ich geh
mit ins Amerika!

Hutter. Aha, will's da hinaus?

Martin. Da hinaus, ja! Wenn ich
dort arbeiten will, gehört wenigstens das
mein, was ich verdien'. Ihr kommt
doch in Ewigkeit nicht „da hinaus."

Hutter. Es wird Keiner wollen.
Und du thätst auch g'scheidter, wenn du

an den alten Spruch dächteſt: Bleib im
Lande und nähre dich redlich.

Martin (lacht). Ja, das iſt das Wahre.
Das Sprüchwort haben die Reichen gemacht, damit ſich die Armen ſollten lieber
ſchinden laſſen. Ich möchte ſehen, was
aus ihnen würd', wenn einmal Alle, die
für ſie arbeiten müſſen, damit ſie faullenzen und ſchlemmen können, das Ding
ſatt kriegten wie ich, und auf und davon
gingen, wie ich!

Hutter. Ei was, das iſt ein dum-
mes Gered! Arbeiten muß der Menſch
und arm und reich muß auch ſein, ſo
hat's unſer Herrgott eing'ſetzt. Freilich
gibt's allerhand zu verbeſſern, aber das
wird anderswo auch net anders ſein.
Ich bin Soldat g'weſen, hab' mich auch
a Biſſel umg'ſchaut in der Welt, und
les' alle Tag meine Zeitung — aber
ſo viel ich ſtudir', ich mein alleweil, es
iſt doch nirgends ſo gut, wie daheim.

Martin. Daheim? Mach' mir meinen Gaul net ſcheu, Hutterbauer! Was
beiß'ſt du denn herunter von deinem
„Daheim"? — Wo's mir gut geht, da
bin ich daheim!

Hutter. Meinetwegen! Wenn ſich bei
dir nichts unterem Bruſtfleck rührt bei
dem Wörtl, dann kann ich dir's auch
nicht ausbeutſchen, was 's um's „Daheim" iſt. So geh' halt hin und lern'
es; vielleicht lieg' ich ſchon da drüben
am Friedhof, wenn du wieder kommſt,
unſer Herrgott weiß wie — dann denk'
an mich und ſag: der Hutterer hat dir's
vorausg'ſagt.

Martin. Ich werd' mich hüten, daß
ich wieder komm! Adjes bei einander!

(Ab ins Wirthshaus.)

Zehnter Auftritt.

(Vorige ohne Martin.)

Hutter. Glück auf den Weg! Kommt,
Nachbarn, wir wollen anſtoßen und

darauf trinken: Bleib' im Land, und
nähr' dich redlich!

Wirth (mit den Andern anſtoßend). St!
nicht ſo laut! Der da drüben ſoll's nicht
hören.

Hutter. Du meinſt den Kloſtermaier? Bei dem iſt's was Anderes.
Das iſt ein braver, fleißiger Mann,
dem wird's überall gut gehen.

Wirth. Aber hitzig! hitzig! Immer
gleich oben aus.

Hutter. Wißt Ihr was... Wir wollen net warten bis die Auswanderer alle
da ſind — wir wollen jetzt hinüber zum
Kloſtermaier, Abſchied zu nehmen.

Wirth. Das wollen wir. Er iſt
immer ein guter Nachbar geweſen.
Kommt!

(Alle ab in Kloſtermaiers Haus.)

Elfter Auftritt.

(Stürmiſches Ritornell, während deſſen tritt
Rothhuber ein; dann Rudolf, bemerkt
Rothhuber und bleibt, ihn betrachtend, in deſſen
Nähe ſtehen.)

Rothhuber (ſingt).
Die Welt iſt verkehrt, zu verwundern
iſt nur,
Daß ſo lang ſie zuſammen gehalten!
Da iſt von Gerechtigkeit nirgends die
Spur,
Das Mein und das Dein hat die
ganze Natur
In zwei feindliche Hälften geſpalten:
Zu viele ſind arm und zu wenige reich,
Drum iſt es am beſten, man machet
ſie gleich,
Das wird uns im Gleichgewicht halten.

Und ſind wir nur alle erſt brüderlich
gleich,
Wird von ſelber das Andere ſich geben.
Dann bauen wir luſtig das neue Reich,
Am Rhein, an der Spree, an der Iſar
und Queich,
Wird ſich's wie ein Wunder erheben:

Da gibt es nicht Steuern und nicht
    Polizei,
Da ist es mit Sorg' und mit Arbeit
    vorbei,
Da ist's wie im ewigen Leben.

(Zu Rudolf.) He, wer ist man? Was
will man, was gafft man?

Rudolf. Ich sehe für mein Leben
gern vergnügte Menschen, drum hab' ich
mir erlaubt, Ihnen zuzuhören.

Rothhuber. Ich? vergnügt? Warum nicht gar? Ich dächte, mir könnten
Sie es doch ansehn, daß ich ein Miß-
vergnügter bin.

Rudolf. Sie haben aber doch gesungen...

Rothhuber. Aber nicht aus Vergnügen! Aus Galle, aus Wuth, aus
Despration!

Rudolf. Das haben Sie dann mit
einem großen Manne gemein.

Rothhuber (geschmeichelt). Das wäre!
— Ja man hat seine Qualitäten.

Rudolf. Ich erinnere mich, gelesen
zu haben, daß Napoleon immer zu singen
anfing, wenn er erzürnt war.

Rothhuber. Wer sagen Sie?
Nap

Rudolf. Napoleon, der erste Kaiser
von Frankreich.

Rothhuber. Und den nennen Sie
einen großen Mann? Diesen Tyrannen
— diesen Freiheitsmörder, diesen Volks-
feind! Und mit dem wagen Sie mich
zu vergleichen —?

Rudolf. Nun, ich dächte doch —

Rothhuber. Herr, das ist eine Be-
leidigung! Sie müssen mir Satisfaktion
geben! Wer sind Sie?

Rudolf. Lassen Sie mich erst entgegen fragen, wer Sie sind.

Rothhuber. Sie kennen mich nicht?
Kann ich mir denken. Dann preisen
Sie sich glücklich, daß Sie heute noch
hieher gekommen — morgen wäre es
zu spät gewesen.

Rudolf. Zu spät?

Rothhuber. Ahnen Sie nichts?
Ich bin Europamüde. Sie sehen in

mir ein Opfer seiner durch und durch
verfaulten Zustände. Ich wäre der
Mann gewesen, diese Fäulniß zu besei-
tigen, aber das undankbare Geschlecht
stößt mich von sich. Ich hatte Leder
gekauft zum Geschäft — sollten Sie es
für möglich halten, daß der Lederhändler
dafür bezahlt sein wollte? Als ob man
sein Geld zu nichts Anderem brauchte!
O diese Tyrannei des Kapitals! Was
ist Kapital? Eine Ungerechtigkeit gegen
den, der keines hat — also abgeschafft!
Eigenthum! ha, nichtsnutzige Be-
schränkung des Rechts, sich das zu nehmen, was man braucht, — abgeschafft!
Familie! — einfältige Einrichtung, sage
ich Ihnen! Wenn Jedes nur für sich
selber zu sorgen braucht, hat aller Fa-
milienjammer ein Ende — also abgeschafft! Leider ist dieses Land für die
Größe solcher Ideen noch nicht reif, drum
schüttle ich den Staub desselben von den
Füßen und gehe nach Amerika.

Rudolf. So? Dann haben wir
Zeit genug unsern Zwist in's Reine zu
bringen. Auch ich gehe dahin.

Rothhuber. Was hör' ich? Auch
Sie? — Leidensgefährte... Geistesbruder
auch du? — O dann nichts mehr von unserm Streit. Hältst du mich für so eng-
herzig in meinen Grundsätzen? Wenn
dir Napoleon ein großer Mann ist,
warum soll er's für mich nicht auch sein
können? Deine Hand, Mitsclave —
Mitbefreiter! Laß uns zusammen in die
Wälder Amerkas bringen und dort das
Reich erbauen, zu dem uns hier der
Boden nicht gegönnt wurde!

Rudolf. Das wird ein grandioser
Bau werden.

Rothhuber. Gewiß! — ein zehntes
Weltwunder — eine Walhalla, ein Glas-
palast — eine — kommt mir der Mensch
schon wieder vor's Gesicht!

Rudolf. Wen meinen Sie?

———

Zwölfter Auftritt.

(Vorige. Schwarzberger und Feberer kommen aus dem Wirthshause.)

Rothhuber. Jenes Geschöpf mit der Philistermütze und dem Philistergesicht! Wie kommt der Reaktionär nur hieher?!

Schwarzberger (Rothhuber erblickend). Begegn' ich denn dem rothen Lumpen überall!? Was will der hier?

Feberer. Ah, sieh' da, meine Herren, schon hier? Werde mich kaum irren, habe die Ehre mit Auswanderern zu sprechen? Gewiß, gewiß, irre mich nicht leicht, bin bekannt wegen meines Scharfblicks. Empfehle mich den Herrn, bin der Agent der Gesellschaft.

Schwarzberger. Das ist mir lieb, Herr Agent. — Ich heiße Schwarzberger — Bibius Ignantius Schwarzberger aus Weilheim, meines Zeichens Privatier.

Rothhuber (halblaut). Ja wohl, Privat-Thier.

Schwarzberger (ebenso). Infamer Kerl!

Feberer. Schwarzberger? Vortrefflich! Steht in der Liste, Alles in Ordnung! Mein Compliment! (Zu Rothhuber.) Und Sie, mein Herr?

Rothhuber. Hannibal Garibaldi Rothhuber aus Weilheim, früher Fußbekleidungs-Artist.

Feberer. Und jetzt?

Rothhuber. Müssen Sie das wissen? Dann schreiben Sie „besondere Kennzeichen und Beschäftigung" — Ohne. — Aber hören Sie, Sie werden mich doch nicht mit dem konfiszirten Individuo da auf Ein Schiff bringen wollen?

Schwarzberger (zu Feberer). Hören Sie, ich soll doch nicht etwa auf dem nämlichen Schiff mit dem Hallunken da fahren?

Feberer. Aber, meine Herren, Sie sind doch aus ein und demselben Ort?

Rothhuber. Eben deßwegen — — es ist mit ein Grund meiner Auswanderung, daß ich dem Zopf aus dem Weg gehen will!

Schwarzberger. Der Rebeller hat mir ja am meisten das Leben verbittert!

Feberer. Bedaure, meine Herren, bedaure beiderseits. Liegt nur Ein Schiff im Hafen, auf dem die ganze Gesellschaft eingemiethet ist.

Schwarzberger. Dann werden Sie wenigstens ein apartes Zimmer haben? Ich abonnire mich darauf — Sie sollens nicht umsonst thun — ich will's bezahlen.

Feberer. Muß nochmals bedauern. Die Passagiere werden alle im Deck einquartirt.

Schwarzberger. Dann reise ich nicht mit! Geben Sie mir meine Einlage zurück!

Feberer. Bedauere nochmals, bedauern zu müssen; nach §. 279 der Statuten befreit Sie nur der Tod.

Schwarzberger. Ich müßte also mit, ich mag wollen oder nicht?

Feberer. Bitte, bitte recht sehr. Nicht müssen. Belieben nur vor der Abfahrt Ihren Todtenschein in legaler Form zu produziren, so stehe nicht an, Dero werthen Erben das Kapital herauszubezahlen.

Schwarzberger. Gehen Sie zum — nun das Schiff wird wohl weit genug sein, daß ich (zu Rothhuber) Ihnen ausweichen kann.

Rothhuber. Weil es einmal so ist, werde ich Sie überall aufsuchen. In unserer Stadt haben Sie mich geärgert auf Schritt und Tritt, jetzt ärgere ich Sie.

Schwarzberger. Unterstehen Sie sich, Sie Wühler!

Rothhuber. Sie Zopf!

Schwarzberger. Sie Rother!

Rothhuber. Sie Schwarzer — Sie — Sie —

Feberer. Bitte, bitte, meine Herren!

Vertragen Sie sich; die Schiffspolizei
ist streng. Nach der Landung haben
Sie Platz genug, sich auszuweichen. (zu
Rudolf) Und Sie, mein Herr, mit wem
habe ich die Ehre?

Rudolf. Ich heiße Rudolf.

Federer. ⸗Rudolf? Weiter nichts?

Rudolf. Weiter nichts.

Federer. Ich meine ⸗nur, ob Sie
keinen andern Namen —

Rudolf. Ich hab' ihn weggelegt,
weil er verbraucht war. Was ich mir
drüben für einen anschaffen werde, weiß
ich noch nicht.

Federer. Aber meine Liste —

Rudolf. Ich bin mit Ihrem Chef
im Reinen. Lesen Sie! (zeigt ihm ein Blatt.)

Federer. O, nach Belieben, ganz
nach Belieben! — O, meine Herrn, kann
Ihnen betheuern, beneide Sie um Ihr
Glück! Fort in ein schönes Land! Vier-
hundert Acres fruchtbares Land! Frei!
Unabhängig!

Schwarzberger. Also vierhundert
Tagwerk kriegt Jeder?

Federer. Schöner, fetter Boden.
Dürfen ihn nur mit dem Fuß ritzen,
so wächst Ihnen das Getreide über den
Kopf — — wenn Sie ein Bischen tiefer
graben, finden Sie vielleicht das pure
Gold in ganzen Blöcken, oder das Pe-
troleum spritzt Ihnen über den Kopf.
Und welcher Reichthum an Rindvieh!
Wenn Sie erst drüben sind — — Ah,
da kommen noch Leute; muß mich er-
kundigen. Empfehle mich!

Dreizehnter Auftritt.

(Vorige. Hutter. Riedl. Sabine. Rose.
Lise. Die Kinder. Auswanderer. Erstere
aus dem Hause, die anderen aus der Vorder-
thüre des Gärtchens kommend. Alle sind reise-
fertig. Gruppen von Auswanderern sammeln
sich im Hintergrund. Federer ist bei denselben mit seiner Liste beschäftigt.)

Rose (bleibt im Gärtchen stehen und wen-

Schmid, die Auswanderer.

det sich nach dem Hause zurück). Jetzt ist's
Ernst; b'hüt dich Gott, du lieb's freundlich's Haus. Ich dank' dir für alle
Stunden, die ich verlebt hab' in dir,
für die traurigen, wie für die vergnüg-
ten — — meine vergnügte Zeit bleibt
bei dir zurück und nur die traurige geht
mit mir.

Sabine. Mach, komm! Das Haus
versteht viel von deiner Red!

Lise. In Gottes Namen, Nachbarin,
nehmt Euch zusammen, — es muß einmal sein! (treten aus dem Gärtchen auf
die Bühne.)

Jakob (mit den Uebrigen vorkommend).
Ich dank' Euch Allen mit einander,
Nachbarn — Vergeßt uns nicht ganz
und denkt nicht schlimm von mir, weil
ich nicht mehr habe bleiben können.

Hutter. Wie gesagt, Klostermair:
ich hab' dir Haus und Hof abgekauft —
aber, wenn du bleiben willst, so sag's;
der Kauf geht zurück.

Riedl. Ich dank' dir, aber es bleibt
schon einmal beim Reisen.

Federer (vorkommend). Alles beisammen. Schön. Müssen die Nacht benützen der Hitze wegen.

(Die Auswanderer rüsten sich zum Aufbruch.)

Rudolf (zu Lise). Wie? meine hei-
tere Sängerin? Auch Ihr wollt über's
Meer?

Lise. Ihr seid auch dabei, scheint's?

Rudolf. Aber was treibt Euch hinaus? Ihr seid jung und schön. Ihr
könntet Euch hier versorgen.

Lise. Ich bin arm, ein armes Mädel
nimmt kein Reicher, einen Armen nehm'
ich nicht, weil ich mich allein leicht
durchbring, und ob ich hier arbeit' oder
dort, ist ja gleich. Ich geh' meist der
Bäuerin wegen mit, damit sie Jemand
bei sich hat, die ist gar zu weichherzig —
und Ihr? Ihr seid wohl von denen,
für die's überm Meer sicherer ist, als
daheim?

Rudolf. Wohl möglich. Mich freut,
daß wir zusammen reisen. Ich hoffe,
wir werden bald näher mit einander bekannt werden, mein liebes schönes Kind.

2

Lise. Kann sein, kann sein auch nicht. Zuwider ist mir's g'rad auch nicht, daß Ihr mitreist — ein studirter Mensch wird hie und da guten Rath wissen. Aber was das Bekanntwerden angeht, so laßt vor Allem das schöne, liebe Kind und die Redensarten weg — die schlagen bei mir nicht an. Für den Ernst bin ich zu gering für Euch,. für den Spaß bin ich mir selber zu gut — aber darum nichts für ungut, Herr, es ist besser, man redt bei Zeiten. (Giebt Rudolf die Hand, der sie lachend schüttelt.)

Federer. Alles bereit! Vorwärts! Aufgebrochen!

Riedl (mit Rose und Sabine zurückkommend, Georg auf dem Arm, Hanne an der Hand). So, Kinder, jetzt schaut Euch das Dorf und das Haus nochmals an — vergeßt nicht, wie Eure Heimath ausschaut und sagt: B'hüt Gott!

Die Kinder: B'hüt Gott! B'hüt dich Gott!

(Der Zug setzt sich in Bewegung, indem Alles Abschied von einander nimmt.)

Chor.

B'hüt dich Gott, muß ich nun sagen,
B'hüt dich Gott, o Heimath mein!
Denn die Stunde hat geschlagen,
Wo es muß geschieden sein!
B'hüt euch Gott, ihr Plätz' und Häuser,
B'hüt Euch Gott, Ihr Bäum' und Reiser,
B'hüt dich Gott, du Wies' und Feld!
Bald wird uns das Meer forttragen,
B'hüt dich Gott, muß ich jetzt sagen:
Komm ich auch zu Gut und Geld,
Will dich doch im Herzen tragen,
Drüben in der neuen Welt.
B'hüt dich Gott! B'hüt dich Gott!

(Während der Zug sich die Anhöhe hinaufbewegt, fällt langsam der Vorhang.)

Zweiter Akt.

(Die Zwischenmusik malt einen Seesturm, der nach und nach sich legt. Bei Aufgang des Vorhanges sieht man ein Segelschiff im Längendurchschnitte, dessen Deck die Bühne bildet. Der Himmel ist mit schwarzen Wolken überzogen, das Meer geht hoch, man hört fernen Donner, einzelne Blitze zucken durch das Dunkel. Einzelne Windstöße. Die Matrosen sind theilweise im Takelwerk beschäftigt. Auf dem Schiffe, das nach hinten mit einer Bordbrüstung abgeschlossen ist, sieht man die Hauptmasten. Links und rechts eine Erhöhung, jede mit einer Thür. Im Mittelgrunde eine in den Raum führende Thüre mit Fenster. Darneben seitwärts eine zweite zur Kajüte des Kapitäns führende Thüre. Lise sitzt in der Tiefe hinter einigen Kisten und Fässern.)

Erster Auftritt.

Chor der Matrosen.

Es rollt der Donner, der Mastbaum kracht,
Vom Himmel fällt Feuer hernieder!
Wild heulet der Sturm durch die wolkige Nacht;
:,: Wir halten die Wacht :,:
Und singen ihm trotzige Lieder!
Brich immer herein,
Wir lachen dein,
Seh'n wir auch die Erde nicht wieder!
Hurrah!

Wir haben das Leben verkauft ans Meer,
Drum gilt es die Stunden zu haschen,
Und rollt die entscheidende Woge daher,
:,: Dann trinken wir leer :,:
Die letzte der duftigen Flaschen:
Dann fröhlich hinab
Ins schäumende Grab,
Dann mag es die Knochen uns waschen!
Hurrah!

Zweiter Auftritt.

(Vorige. D'Gough.)

D'Gough (kommt aus der Kajüte). Laßt's nun gut sein, Jungen! Oeffnet die Luken und dann marsch in die Kojen. Es ist spät und die Gefahr ist vorüber.

(Matrosen ab.)

Jack. War ein feines Wetterchen. Die Topmasten haben geknackt wie dünne Ruderstangen··· es war nah daran, daß wir Wasser zu schlucken bekommen!

D'Gough. Goddamn! Wär' nicht das erste Mal gewesen! Wie steht's unten?

Jack. Alles in Ordnung. Die Landratten haben gepfiffen über Wind und Wetter hinaus.

James. Schlechtes Volk das, kann nichts ertragen.

D'Gough. Bin froh, wann ich sie los bin. Sind Deutsche. Goddamn! Ich mag nichts von ihnen wissen, aber ihr Geld ist eben so gut wie anderes. Wer hat die Wache?

James. Jack und ich.

D'Gough. Marsch also, auf die Posten. Habt auf die Strömung Acht. Wir sind keine sechzig Meilen von der Küste.

Dritter Auftritt.

(Vorige. Schwarzberger.)

Schwarzberger (wird an dem Fenster der in das Zwischendeck führenden Thüre sichtbar). O, Sie sind's wirklich, Herr Kapitän, — ich habe Ihre freundliche Stimme erkannt. Helfen Sie doch!

D'Gough. Helfen? Goddamn! was helfen? wem helfen?

Schwarzberger. Es sind nun volle zwei Tage, daß wir nichts zu essen bekommen haben. Jedes hat Hunger wie

ein Wolf, und ich wenigstens wie zehn Wölfe.

D'Gough. Haben wir nicht die zwei Tage Sturm gehabt? Wer denkt da an's Essen?

Schwarzberger. Bitte, mit oder ohne Sturm, wir denken sehr daran, und jetzt ist der Sturm auch vorbei.

D'Gough. Jetzt ist Schlafenszeit!

Schwarzberger. Wir können aber nicht schlafen vor Hunger.

D'Gough. Goddamn! Auf dem Schiffe bin ich Herr! Morgen können Sie essen! (ab in seine Kajüte.)

Schwarzberger. Gehen Sie doch nicht! Bis morgen bin ich verhungert.

Jack. Ruhig jetzt, es ist Schlafenszeit!

Schwarzberger. Das ist himmelschreiend, das ist tyrannisch! Ich will meine Beschwerde zu Protokoll geben.

Jack (jagt ihn vom Fenster weg). Wirst du schweigen, deutsche Landratte!

Vierter Auftritt.

(Jack und James stellen sich an beiden Enden des Schiffes auf und halten Wacht. Lise hält sich so, daß sie von Beiden nicht bemerkt werden kann. Der Himmel hat sich während des Vorhergehenden allmählig aufgeklärt. Es ist helle Mondnacht.)

Lise. Endlich ist wieder Ruh — aber mir ist noch bang um's Herz··· 's ist gar zu schauerlich, in solch einem Unwetter auf dem endlosen Wasser herumzuschaukeln. Das könnte Einen beten lehren, der's vergessen hat. Hu, wie kalt der Wind herweht! Aber ich bin doch lieber hier, als in der engen finstern Kammer da drunten··· Bin recht froh, daß sie mich nicht gesehen, und in meinem Versteck dagelassen haben. Aber nun bin ich recht müde — die Kälte macht's und die Sorg', vielleicht kann ich jetzt schlafen. (Sie schläft ein; kurze Musik, welche die allgemeine Stille ausdrückt. Man hört

2*

das Wasser am Schiff anschlagen und die Segelstangen knarren. Nach einer Pause giebt Jack ein Wachtsignal mit einer Pfeife, das James erwiedert. Jack kommt leise und vorsichtig näher gegen die Mitte. Musik.)

Jack. Pst, James! pst! pst! Hörst du mich nicht?

James (ebenso). Ich höre dich, was hast du?

Jack. Ich denke, daß wir in einigen Stunden an's Land kommen.

James. Das weiß ich. Was mehr?

Jack. Was mehr? Dummkopf! Daß wir als arme Teufel an's Land gehen und über unsere Feigheit lamentiren werden', wenn wir uns eine so prächtige Gelegenheit entgehen lassen.

James. Fängst du schon wieder an? Laß mich in Ruh, versuche mein betrübtes Herz nicht!

Jack. Narr, ich will ein fröhliches Herz daraus machen, wenn du mir folgst. Warum willst du nicht? Ich sage dir, es ist der Mühe werth. Sonst ist bei den deutschen Auswanderern meist nicht viel zu holen, die sind aber nicht so kahl. Sind fette Vögel darunter, bei denen sich das Rupfen lohnt.

Lise (erwachend). Es summt mir in den Ohren ... was geht denn vor?

Jack (James auf Lisens Seite führend). Ich sage dir, die andern Bursche sind Alle dabei und wer Umstände macht, muß schwimmen wie die andern — der Kapitän vor Allen.

James. Der auch? Ist mir doch leid um den Alten.

Jack. Hat's oft genug an uns verdient! Bei dem Pack da unten sind nur ein Paar, die wie Männer aussehen — das Andere Weiber und Kinder. Wir überfallen sie, knebeln sie, und bringen Alles, was uns gefällt, in's große Boot: dann machen wir dem Schiff ein Leck, daß es sinken muß mit Mann und Maus!

Lise. Entsetzlich!

James. Was war das?

Jack. Nichts! Der Wind rumort im Takelwerk. Wir werden gegen Morgen eine Brise haben, die uns landwärts treibt, d'rum ist's hohe Zeit. Entschließ dich, wähle zwischen Reichthum und einem Sprung ins Seewasser!

James. Du hast mich verlockt, Teufel, ich will's mit dem Reichthum halten.

Jack. Recht! Es ist so sicher, als wär's assekurirt. Man muß glauben, das Schiff sei im Sturm gesunken. Ich will hinab und es den Andern sagen, daß sie sich bereit halten.

(Vorsichtig ab.)

———

Fünfter Auftritt.

(James. Lise.)

Lise. Was thu' ich? Rühr' ich mich, so werd' ich bemerkt und die Bösewichter blasen mir zuerst das Lebenslicht aus — halt' ich mich still, so bin ich verloren und alle Andern mit.

James (vorwärts kommend). Ich weiß nicht, wie mir ist. Bin doch so manche Nacht Wache gestanden, mitten zwischen Luft und Wasser, und es kam mir kein Grauen an, und jetzt ist mir fast zu Muth, wie wenn ich Furcht hätte...

Lise. Der Bursche ist weniger verstockt — vielleicht könnte ich den noch gewinnen (nähert sich James).

James. Jack hat Recht, ich bin ein Dummkopf, wenn ich mich besinne! Ich kann mit einem Male ein reicher Mann werden — doch ist mir wieder, als wenn etwas um mich wäre und mir zuflüsterte: Thu's nicht, James! Denk' an deine alte Mutter und thu's nicht!

Lise (ist unbemerkt hinter ihn getreten und legt ihm die Hand auf die Schulter). Denk' an deine alte Mutter und thu's nicht!

James (in die Kniee sinkend). Herr Gott — meine Mutter! — Ihr Geist!

Lise. Ich bin kein Geist. Du erschrickst nur vor deinem bösen Gewissen.

James. Was untersteht Ihr Euch?

Lise. Ich habe alles gehört, was du mit jenem Bösewicht verabredet hast.

James. Höll' und Teufel — ich bin verloren!

Lise. Nun werd' ich hingehen und wenn du nicht in dich gehst, Alles dem Kapitän sagen.

James. Dem Kapitän sagen? Dafür kann man helfen! (Stürzt mit dem Bootsmesser auf sie los.)

Lise (tritt ihm ruhig entgegen). Denk' an deine Mutter!

(James läßt den Dolch sinken.)

Lise. Schau, du kannst nicht. Du hast nicht einmal so viel Muth, einem schwachen Mädel, das sich nicht wehren kann, dein Messer ins Herz zu rennen, und du willst den Tod von so vielen Menschen auf dich laden?

James (vor sich hinmurmelnd). Ich bin ein feiger Schurke!

Lise. Deine alte Mutter wartet mit Schmerzen bis du wiederkommst, — soll sie keinen Mörder, einen zwanzigfachen Mörder aus dir gezogen haben?

James. Meine Mutter!

Lise. Und was wolltest du mit dem Gelde anfangen? Willst du dich hinsetzen und ein Weib und Kinder haben? Du — wenn du die armen Weiber, die unschuldigen Würmer da drunten ersäuft hast? Wenn's stürmt, wirst du's hören, wie die Armen um Hilfe schreien, und wenn der Mond auf's Wasser scheint, wirst du ihre blassen Gesichter sehen...

James. Nein, nein — fort — ich will nicht!

Lise. So hilf! Zeig, daß du noch nicht ganz schlecht bist — zeig, wie ich meine Landsleute retten kann.

James. Und Ihr versprecht mir zu schweigen?

Lise. So wahr ich das ewige Leben hoffe. Schnell, was ist zu thun?

James. Es muß Lärm werden auf dem Schiffe: wenn Alles auf den Feinen ist, kann nichts geschehen. Ruft Eure Landsleute heraus — laßt sie Feuer schreien!

Lise (klopft an die Thür zum Deck). He

da! wacht auf! Heraus! Heraus Alle! Das Schiff brennt! Feuer!

(Verworrenes Geschrei von Innen.)

James (ist auf seinen Posten geeilt). Feuer im Schiffsraum!

Sechster Auftritt.

(Vorige. Riebl. Rose. Sabine (mit den Kindern). Martin. Rothhuber. Schwarzberger. Rudolf. O'Gough. Alle drängen heraus, die zum Deck führende Thüre wird aufgestoßen. O'Gough kommt aus der Kajüte; aus der einen Seitenthüre eilen Jack und Matrosen herein.)

Schwarzberger (herumrennend). Hilfe — Hilfe! Wir sind des Todes!

Rudolf. Was soll der Lärm?

O'Gough. Wer rief? Wo ist das Feuer?

Jack. Im Passagierdeck riefen sie Feuer!

Schwarzberger. So löscht doch — wir müssen ja Alle jämmerlich verbrennen!

O'Gough (dem die zurückkommenden Matrosen anzeigen, daß nirgends Feuer ist). Blinder Lärm, Goddamn! es ist nirgends eine Spur von Feuer!

Schwarzberger. O, ich rieche ordentlich den Brand — und aus dem verdammten Schiff kann man nicht einmal davonlaufen.

Rothhuber (der seekrank ist). Mir ist der Schrecken in den Leib gefahren; der macht noch aus, was die Seekrankheit übrig gelassen hat.

O'Gough. Nochmal — wer rief Feuer? Ich will es wissen.

Sabine. Ach, gnädiger Herr Kapitän, das wissen wir nicht, wir haben Alle fest geschlafen.

Rothhuber. Das hat kein Anderer gethan, als der dicke Mensch dort — dem träumt schon im Wachen von nichts als Blut und Feuer!

Schwarzberger. Schändliche Verläumbung! Ich habe fester geschlafen als Alle.

Rothhuber. Glauben Sie ihm nicht — er kokettirt nur mit seiner Liebe zur Ruhe.

O'Gough. Goddamn, Herr, wenn Sie Feuer geschrieen haben, ich lasse Sie —

Schwarzberger. Aber Sie werden doch diesem Individuum nicht glauben — er ist mein politischer Gegner!

O'Gough. Ich weiß genug; Sie sind ein unruhiger Kopf!

Schwarzberger. Das fehlte noch! Wenn mein Magen so ruhig wäre, wie mein Kopf —

O'Gough. Ich kenne Sie! Haben Sie nicht schon vorhin die Ruhe gestört, mit Ihrem Geschrei um Essen? Aber ich rathe Ihnen ruhig zu sein, sonst laß ich Sie kielholen — so wahr ich O'Gough heiße. Goddamn, auf dem Schiffe bin ich Herr — und nun wieder hinunter in den Raum!

Schwarzberger. Sie werden uns doch nicht schon wieder einsperren wollen?

Rothhuber. Nachdem wir uns kaum vom Schreck erholt haben?

Schwarzberger. Und noch dazu ohne etwas gegessen zu haben?

O'Gough. Ohne Widerrede! Das Deck muß frei sein. Fort!

Jack (bei Seite). Vortrefflich! dann gelingt es doch noch!

Rose (zu Riedl). Die frische Luft thut mir gar zu wohl. Wenn ich nur dableiben könnt!

Riedl. Herr Kapitän, mein Weib ist krank. Erlauben Sie ihr noch einige Zeit hier zu bleiben.

O'Gough. Wenn sie krank ist, gehört sie erst recht hinab.

Riedl. Aber das ist ja —

Sabine (losbrechend). Nein, jetzt wird mir's zuviel. Jetzt reißt mir die Geduld! Wir sind keine Thiere mit Respekt zu sagen, Herr Kapitän, die man in ihrem Stall treibt und einsperrt, wie man will! Wir sind Menschen, und Menschen die ihren Platz theuer bezahlt

haben. Verstehen Sie, Herr Kapitän?

O'Gough. Was will die Alte? Ist sie toll? Ich werde sie anbinden lassen.

Sabine. Anbinden? mich? Geht man so mit den Leuten um? Eine ehrbare Frau binden, wie ein Stück Vieh? Ihr verwünschter, übermüthiger Engländer! Den will ich sehen, der mich anrührt!

O'Gough. Hinab mit ihr! Jack, binde sie unten an.

Jack. Marsch, Alte! (packt die sich sträubende Sabine und will sie in die Thüre zerren. Alles ist entrüstet.)

Rudolf (ist betrachtend bei Seite gestanden, tritt jetzt rasch vor und schleudert Jack von Sabine weg). Zurück, Schurke!

O'Gough. Was unterstehen Sie sich, Herr?

Rudolf. Wenn Jemand nicht weiß, wie er Menschen behandeln soll, hat Jeder das Recht, es ihn zu lehren. Sie scheinen das nicht zu wissen, Herr Kapitän, darum unterstehe ich mich, Sie an Ihre Pflicht zu erinnern.

O'Gough. Damn — ich muß am Besten wissen, was meine Pflicht ist.

Rudolf. Ihre Pflicht ist es, diese armen, wackern Leute wohlbehalten an's Land zu bringen — sie zu schützen, anstatt sie zu quälen und ihnen ihr schweres Loos noch schwerer zu machen. — Bei Gott, der ist kein Ehrenmann, der dem Unglücklichen, der trüben Herzens und nassen Blickes der ungewissen, neuen Heimath entgegen geht, einen Stein in den mühseligen Weg wirft.

O'Gough. Goddamn, welche Sprache!

Rudolf. Die eines Mannes, mein Herr! Sie werden gestatten, daß die Passagiere noch ein Stündchen auf dem Deck frische Luft schöpfen und etwas genießen.

O'Gough. Ich werde nicht.

Rudolf. Doch — Sie werden. Sie sind aufgeregt und werden nicht thun, was Sie in der Aufregung beschlossen haben. Ich rufe den Engländer in Ihnen auf — ist, was Sie thun, der großen Nation würdig, die sich rühmt, das freieste Volk der Erde zu sein? Das frage ich Sie, und Sie — werden den Befehl zurücknehmen.

O'Gough. Goddamn, Sir, ich bin ein Engländer — das sollen Sie sehen. Ich will Ihnen zeigen, was ein ächter Gentleman gilt, wie Sie es sind — (laut) die Leute mögen hier bleiben, aber nicht länger als eine Stunde.

Schwarzberger. Unterthänigsten Dank, gnädigster Herr Kapitän, aber die Lebensmittel —

O'Gough. Es mag Jedes von seinem Vorrath zehren. (Rudolf grüßend, ab in seine Kajütte.)

Siebenter Auftritt.

(Vorige ohne O'Gough. Die Auswanderer bringen Eßwaaren und gruppiren sich dann essend und trinkend, so daß es ein heiteres lebensvolles Bild giebt. Lise, die rechts nach einer Thüre will, wird von dem hier Wache stehenden Matrosen angerufen.)

Matrose. Zurück! da ist die Luke zur Pulverkammer!

Lise. Daß ich's nicht merken kann. (Geht nach der andern Seite.)

Jack, James und Matrosen (bis auf den bei der Luke zur Pulverkammer ab).

Achter Auftritt.

(Vorige ohne Jack, James und Matrosen. Lise kommt mit Eßwaaren; die Gruppe ist nun vollständig gebildet. In der Mitte: Riedl mit seiner Familie; die Kinder zu den Füßen der Mutter. Lise daneben. Rudolf lehnt etwas seitwärts. Links und rechts ganz im Vordergrunde Rothhuber und Schwarzberger.)

Schwarzberger. Jeder mag von seinem Vorrath zehren — das ist ein trauriger Bescheid — und der Anblick ist noch trauriger, nichts als Zwieback! Es ist hohe Zeit, daß wir an's Land kommen, mein Magen verlernt sonst ganz, wie eine richtige Speise aussieht. Zuletzt erträgt er's gar nicht mehr (laut). O wie trocken!

Rothhuber (stellt zwei Weinflaschen neben sich). Die letzten zwei Mohikaner, ich will mir's schmecken lassen. In ein paar Stunden sind wir am Land; ich brauche also nicht mehr zu sparen (trinkt).

Schwarzberger. Wenn ich jetzt an mein gutes Vaterland zurückdenke und an seine Küche, da wird mir ganz schwer um's Herz. Was für eine Auswahl! So ein Karbonad'··· oder ein Stück Nierenbraten — o, bei dem bloßen Wort Braten, läuft mir der Mund voll Wasser (laut wieder).

Rothhuber. Aber etwas leer schmeckt der Wein bei alledem; ein bischen was Nahrhafteres, was Festeres könnte nicht schaden — und wenn's nur wenigstens ein Bissen Brod wäre, — aber mein Vorrath ist aufgezehrt.

Schwarzberger. Es geht nicht mehr; 's ist, als wenn ich lauter Sand im Munde hätte. Aber ehe ich das abscheuliche Schiffswasser trinke —

Rothhuber. Der dicke Mensch da drüben hätte genug, um mir auch zu geben. Wie er ißt! Wie er mit vollen Backen kaut! — Man sieht ihm das Behagen an.

Schwarzberger. Der Säufer dort hat nicht einmal an einer Flasche genug, er muß zwei haben. Schlucke nur, du Nimmersatt!

Rothhuber. Der Wein ist gut, aber er ist mir ordentlich zuwider — ich muß was zu essen haben! Soll ich dem Reaktionär ein gutes Wort geben? Nein!

Schwarzberger. Vielleicht gäb' er mir, wenn ich ihn darum ansprächе... Aber den Fortschrittler anreden? — Eher verdursten!

Rothhuber. Ich weiß, was ich thue; ich lasse die Flasche als Lockvogel stehen — vielleicht hat er Durst, wie ich Hunger —

Schwarzberger. Er geht weg — ich mache einen Schluck, wenn er nicht hersieht.

Rothhuber. Ich habe recht gerathen; der Magnet zieht schon.

Schwarzberger. Ich thu's — die Versuchung ist zu groß.

Rothhuber. Das muß man benützen. (Während dieses Gesprächs haben sich Beide, ohne anscheinend von einander Notiz zu nehmen, von ihren bisherigen Plätzen entfernt — so daß zuletzt Jeder am Platz des Andern steht. Schwarzberger ergreift die Flasche und trinkt hastig. Rothhuber ißt ebenso. Im Moment kehren sich Beide um und bemerken sich, ohne sich unterbrechen zu lassen.)

Schwarzberger (nach einer Pause). Guten Appetit!

Rothhuber. Wohl bekomm's!

Schwarzberger. Ausgezeichneter Wein!

Rothhuber. Vortrefflicher Zwieback!

Schwarzberger. Echter Bierundsechziger!

Rothhuber. Zergeht auf der Zunge.

Schwarzberger. Sehr verbunden, aber ich kann Sie doch nicht leiden.

Rothhuber. Schönen Dank — aber ich kann Sie nicht ausstehen.

Schwarzberger. Wir vertragen uns nie.

Rothhuber. Wie Hund und Katze.

Schwarzberger. Wie Feuer und Wasser.

Rothhuber. So gehen Sie mir vom Halse, Sie Mann des Rückschrittes!

Schwarzberger. Aus meinen Augen, Umstürzer! (Beide laufen zu verschiedenen Seiten ab: Schwarzberger mit dem Wein, Rothhuber mit dem Brod.)

Neunter Auftritt.

(Vorige. Rudolf. Lise.)

Rudolf (kommt in den Vordergrund). Ich begreife mich selbst nicht! In allen Kreisen meines früheren Lebens bin ich weiblicher Anmuth, weiblicher Bildung, weiblichem Gemüth begegnet — — warum ward ich nicht angezogen? Warum nicht festgehalten, wo es mich zog? Und jetzt so ganz gefangen, von einem Mädchen, das über mich lacht, und seine eigene Kraft nicht ahnt! — Aber ich muß ins Reine damit kommen; eh' wir an's Land treten, muß ich Entscheidung haben.

Lise (vorwärts kommend, für sich). Gott sei Dank, die Gefahr ist vorüber. Wenn wir Alle beisammen sind, werden die Schelme nichts wagen. (Rudolf bemerkend.) So ganz in Gedanken, Herr Rudolf?

Rudolf. Ja, und in Gedanken an Euch.

Lise. Fangt Ihr mir schon wieder an?

Rudolf. So hört mich doch einmal ruhig an.

Lise. Anhören? Wozu soll's gut sein? Euch hilft es nichts, und mir, mir könnt es den Kopf voll machen, und den brauch' ich redlich für mich selbst. (Rudolf wendet sich ab.) Ihr müßt d'rum kein finsteres Gesicht machen, ich will Euch nicht kränken — aber es ist immer besser so.

Rudolf. Warum besser? Das Beste ist auszusprechen, was doch nicht ungesprochen bleiben kann. Gewißheit ist ein Trost und wenn sie Gift wäre.

Lise. Na, wenn's denn sein muß, so wollen wir reden, aber laßt mich gleich antworten, denn ich weiß doch, was Ihr mir sagen wollt. Ich hab's wohl merken müssen.

Rudolf. Und die Antwort?

Lise. Seht, Herr Rudolf, Ihr wollt mir sagen, daß Ihr mich lieb habt, und ich, ich sag Euch d'rauf — — ich glaub's nicht.

Rudolf. Ich will es Euch beweisen.

Lise. St! Ausreden lassen. Ich

sag' nicht, daß Ihr mir was weiß machen wollt, denn Ihr seid ordentlich, so viel ich im Ganzen habe wahrnehmen können; aber Euch selber macht Ihr was weiß.

Rudolf. Und das wäre?

Lise. Na, gerade daß Ihr mich lieb habt. Bei den vornehmen Leuten daheim habt Ihr Euch die Kappe verschnitten. Uns arme Leute habt Ihr vermuthlich immer nur so aus der Entfernung beim Spazierengehen gesehen und darum seid Ihr voll Verwunderung, daß wir auch sind wie andere Menschen — darum meint Ihr, Euer Herz hänge daran.

Rudolf. Es ist auch so — und nie hab' ich das besser gefühlt als jetzt.

Lise. Es ist nicht so! Wenn das Neue weg ist, käm's Euch auch langweilig vor, wie Euer altes Leben — Ihr bekämt mich satt und dann, was wär's dann mit mir, wenn ich auf Euch gehorcht hätte? Ich hätt' das Nachsehen und das Herzeleid und — — nein, nein, Gleich und Gleich gesellt sich gut — wir wollen bei dem alten Sprichwort bleiben.

Rudolf. Ihr weist mich also zurück? Und ich soll Euch nie, nie wiedersehen?

Lise. Das sag' ich darum nicht! Berg und Thal kommen nicht zusammen, wohl aber die Leut — und wenn Ihr's denn wissen wollt, — es wird mich alleweil freuen, wenn ich Euch wiedersehe, und — Ihr mich dann noch nicht vergessen habt.

Rudolf. Euch vergessen? So lang ich lebe, werde ich für Euch empfinden wie heute. Ihr werdet's erfahren, mein Wort darauf. (Ab nach rückwärts.)

———

Zehnter Auftritt.

(Lise. Dann Martin.)

Lise (allein). Ich hab' ihm weh ge-than; er meint's ehrlich und ist ein guter, lieber Mensch, aber es ist so besser für uns alle zwei. Ich muß den Kopf Herr sein lassen über's Herz. Sei gescheidt, Lise, nimm dich zusammen — — mit Beten und Arbeiten wird's zu verwinden sein, so weh's thut (wischt sich verstohlen die Augen).

Martin (der das Gespräch zwischen Rudolf und Lise schon eine Weile beobachtet hat, ist vorgetreten und bleibt vor Lise, sie boshaft anstarrend, stehen).

Lise (ihn bemerkend). Du da? Was willst du?

Martin. Nichts! Was ich gewollt habe, das weiß ich jetzt.

Lise. Ich versteh' dich nicht.

Martin. Nicht nöthig. Ich weiß nun, warum man so spröd mit mir ist.

Lise. Was willst du damit sagen?

Martin. Ei die liebe Unschuld! Wie sie sich anstellt! Meinst du, ich hätt's nicht gesehen, daß dir der auf Schritt und Tritt nachgeht und dir schön thut.

Lise. Ging's dich an, wenn's so wär? Es ist ein rechtschaffener Mensch, mit dem man wohl reden darf.

Martin. Hahahaha! Wird sich ja zeigen die Rechtschaffenheit. Da kann sich Unsereins freilich net damit messen.

Lise. Da hast du Recht.

Martin. So? Nur zu! Fein spitzig, fein grob. Steckt dir die gnädige Frau schon im Kopfe? Nur Geduld, — ich erleb's noch, daß du sagst, hätt' ich nur den Martin genommen!

Lise. Das sag' ich nie — darauf verlaß dich!

Martin. Ich bin dir wohl zu schlecht? Bin dir zuwider? Nun, ich —

Lise. Ich habe kein Recht, dir was über dich zu sagen, aber das Recht hab' ich gewiß, daß ich dir sag: ich mag dich nicht!

Martin. Will mir's merken! Will mir's merken.

———

Elfter Auftritt.

(Vorige. Sabine.)

Sabine (tritt herzu). Was habt Ihr benn? Ihr streitet wohl gar!
Lise. Es ist nichts! Die alte Leier!
Sabine (zu Martin). Guck mal her! Wirst du das Mädel wohl in Ruhe lassen? Wenn sie dich nun einmal nicht mag!
Martin. Ei, ich werd' sie wohl in Ruhe lassen. Ich hab' Ihr nur meine Gratulation gemacht zur gnädigen Frau.
Sabine. Guck mal — du willst dich über die Leut' lustig machen, du Faulenzer? Die Lise kann alle Stund eine gnädige Frau vorstellen und wird sich keine Unehre machen — du aber schau, daß du sein selber was hast, eh' du an's Heirathen denkst.
Martin. Wir werden ja sehen, wer's weiter bringt! Adje! aber ich denk's Euch Allen! (Gegen den Hintergrund ab.)

Zwölfter Auftritt.

(Vorige ohne Martin. Jack. James. Matrosen.)

Sabine. Ei, du unnützer Bursch! Du willst noch drohen? Dich soll ja —
Lise. Laßt's gut sein — der thut uns nichts! (Erblickt die Matrosen.) Da sind diese Menschen schon wieder; sollten sie doch noch was vorhaben? Ich muß sehen, daß Alles beisammen bleibt. (Laut.) Kommt zu den Uebrigen!
Jack. Habt Acht, Bursche! Wir müssen unsern Plan ändern, weil das Gesindel nicht vom Deck will. Ihr Beide, wie ich das Zeichen gebe, auf die Kajüte des Kapitäns los; ein paar Schläge reichen hin, um ihn drinnen für den ersten Augenblick einzusperren — Ihr Andern packt die Passagiere.

Also aufgepaßt! Wie ich den Hut vom Kopfe nehme, macht Euch bereit — und wie ich ihn wieder aufsetze, dann packt an! Auseinander jetzt, damit man nichts merkt. (Die Matrosen zerstreuen sich, bleiben aber sichtbar; Jack nimmt einen etwas erhöhten Platz ein. — — Es fängt an zu dämmern.)

Riebl. Es kann nicht mehr weit bis zum Morgen sein; da drüben wird's schon ganz licht.
Rudolf. Auch das Land soll nicht mehr fern sein. Wir sollten beisammen bleiben, bis es Tag wird!
Riebl. Es könnt' Eins was erzählen.
Rudolf. Oder die Lise könnt' uns ein Lied singen.
Lise. Wenn's Allen recht ist, hab' ich nichts dawider. Aber was soll ich singen?
Rothhuber. Was Keckes, was Lustiges — ein Freiheitslied.
Schwarzberger. Nein, was Ruhiges, was Ehrbares — so wie „Guter Mond, du gehst so stille..."
Rudolf. Nichts da — laßt sie singen, wie's ihr um's Herz ist!
Lise. Wie mir um's Herz ist? Recht. Den Schlußreim müßt Ihr aber Alle mitsingen. (Zu Rudolf.) Merkt auf, Herr! Das Lied hat seine Bedeutung.

Mein Herz hab' ich g'fragt,
Warum's gar so stark schlagt,
Und warum's so erschrickt,
Wenn's das Haus dort erblickt?
Und wie ein Mädel so still,
Das schön heimlich thun will
:,: G'rad so leis und verzagt,
Hat's die Antwort mir g'sagt. :,:

Mein Herz kennt den Platz:
In dem Haus war mein Schatz!
Sie hat nie was erfahr'n,
Von mir traurigen Narrn:
Sie ist lang von dem Ort
Mit ein' Andern weit fort,
:,: Und doch geh' ich halt frei,
Jeden Tag noch vorbei! :,:

Was reich ist und arm,
Und was kalt und was warm,
Als wie Wasser und Glut,
Das gesellt sich nicht gut:
Aber 's Herz nie vergißt,
Wo sein Glück g'wesen ist.
:,: Und so zittert's und zagt
Bis 's zum letzten Mal schlagt. :,:

(Gegen Schluß der letzten Strophe hat Jad ben Hut abgenommen; die Matrosen postiren sich: jetzt setzt er denselben wieder auf. Allgemeiner Angriff. Zwei Matrosen vernageln mit Axtschlägen die Kajütenthüre; zwei fallen über Riedl her und reißen ihn nieder. Jad packt Rudolf von hinten und wirft ihn zu Boden. Die übrigen Matrosen stellen sich mit Äxten, Messern u. s. w. hinter die Uebrigen.)

Lise (ist seitwärts gesprungen).

Schwarzberger und Rothhuber (sind in den Vordergrund gelaufen. Der ganze Angriff muß das Werk eines Augenblickes sein.)

Gruppe.

Riedl. } Was ist das?
Rudolf. } Schurken, was beginnt Ihr?
D'Gough (an der Thüre polternd). Aufgemacht! Was geht hier vor?!

Lise. } Also doch! Wir sind verloren!
Sabine. } Weh uns! Was geschieht mit uns?

Jad. Werdet's gleich erfahren. Still gehalten, Niemand rühre sich, wer nicht das Messer im Leibe haben will. Bindet sie! (Die Meisten werden gebunden.)

Schwarzberger (da er gebunden werden soll, kniet nieder). Warum binden, mein vortrefflichster Herr? Ich rühre mich nicht wie ein Lamm... (entspringt und retirirt sich hinter Rothhuber).

Rothhuber (sich mit einem Säbel vertheidigend). Komm mir Keiner zu nah — ich hau ihn mitten auseinander.

Jad. D'rauf Kameraden!

Rothhuber. Wenigstens will ich mit den Waffen in der Hand sterben (zu Schwarzberger, der sich an ihn hängt). So lassen Sie mich doch los, Sie hindern mich im Ausholen. (Die Matrosen dringen auf ihn ein. Nach ein paar Hieben wirft

Rothhuber den Säbel weg und retirirt sich hinter Schwarzberger, sie zerren sich herum, bis sie gebunden werden.)

Lise (entspringt dem, der sie binden will). Ich dank dir, Gott, das hast du mir eingegeben. (Reißt dem Matrosen, der vor der Pulverkammer Posten steht, die Pistole aus dem Gürtel und eilt an die Luke. Die Matrosen wollen ihr nachstürzen, sie ruft:) Halt, keinen Schritt — oder ich sprenge das Schiff in die Luft!

Rudolf. } Wackeres Mädchen!
Jad. } Verdammtes Weib — schießt sie nieder!

Einige (legen an).

Lise. Thut's — aber wie Ihr losdrückt, schieße ich in's Pulver und Ihr fliegt mit in die Luft.

Jad. Halt ein!

Lise. Auf Eure Kniee, Ihr Bösewichter, keiner rühre sich! Macht die Gefangenen los, bindet den Rädelsführer und befreit den Kapitän! (Es geschieht. Jad wird gebunden. Die übrigen Matrosen knieen Alle in flehender Stellung. Aus der Kajüte eilt D'Gough. Wie Rudolf losgebunden ist, eilt er zu Lise, die, wie sie Alles beendet sieht, blaß und erschöpft wankt.)

Lise. Gott sei Dank! Ihr seid gerettet. Aber ich kann nicht mehr. (Sie sinkt zusammen; Rudolf hält sie.)

D'Gough. Ihr Schufte, was habt Ihr Euch unterstanden? Ihr sollt mir's büßen.

Lise (auf Jad deutend). Den nehmen Sie zuerst, der hat die Andern verführt.

Matrosen. Gnade, Kapitän!

D'Gough. Hinunter mit Jenem in den Kielraum! Du bist nicht werth, auf einem ehrlichen Schiff gehangen zu werden — du sollst deinen Galgen am Lande haben.

(Jad wird abgeführt.)

D'Gough. An Euch Alle wird die Reihe kommen. Jetzt an seinen Posten wer mit dem Leben davonkommen will! Den ersten, der eine verdächtige Bewegung macht, Goddamn, den schieß ich nieder. (Die Matrosen entfernen sich unter Geberden des Dankes und der Betheurung.)

Riebl (zu Lise). Wie sollen wir dir Alle danken, brave, muthige Lise — für unser Leben!

Rose. Für meine Kinder!

O'Gough. Goddamn, und für mein Schiff.

Rothhuber. Solcher Muth verdient Bewunderung.

Schwarzberger. Jedenfalls mehr als der Ihrige.

Rothhuber. Und der Ihre! Ich habe gefochten wie ein Verzweifelter. Hätten Sie mich nicht gehindert, ich hätte Alle erschlagen. Aber das Glück hat dieser Jungfrau den Siegerkranz bestimmt — er sei ihr gegönnt!

Lise. Ach, was redet Ihr immer von mir! Da droben ist Einer, dem wir Alle zu danken wohl Ursach haben.

Riebl. Ja, sie hat Recht — dem Herrn allein die Ehre.

(Alle knieen betend nieder. Während dessen sind die Matrosen auf einen Wink des Kaptäns beschäftigt die Segel zu wenden. Einer klettert in den Mastkorb.)

Chor.

Dir Ewiger sei Dank und Ehr',
Anbetung dir allein;
Wie groß, wie furchtbar ist das Meer,
Dieß Schiff wie schwach und klein. —
Der Sturmwind schleudert's hin und her
Und tausend Nöthen dräuen sehr,
Doch du bist eine feste Wehr,
Du winkst, und aller Sorgen leer
Geh'n wir im Hafen ein!

(Ritornell. Alles bleibt knieen bis zum Rufe:)

Matrose. Land! Land!

(Alles eilt auf, und gruppirt sich. Die Sonne geht prachtvoll über dem Meere auf. Man sieht in einiger Entfernung die Küsten hell-beleuchtet liegen.)

Riebl. Seht, Kinder, seht! — das ist Amerika!

(Musik begleitet das Ganze.)

Der Vorhang fällt schnell.

Dritter Akt.

In Nordamerika am Arkansas.

(Rechts und links im Vordergrunde ein Block-haus. Etwas gegen die Mitte ein gleiches etwas größeres. Zu beiden Seiten und bis zur Mitte der Bühne gewaltige Bäume, den beginnenden Urwald bezeichnend. Nach hinten sieht man in eine Prairie, die ganz ferne von hohen, felsigen Bergen begrenzt ist. Die Bühne muß möglichst tief genommen und aus dem ganzen Arrangement klar werden, daß die Ansiedlung am Saum des Urwaldes an einer Prairie liegt. Die beiden Blocks im Vorder-grunde sind verschlossen. Das mittlere ist offen und läßt aus den verschiedenen Ge-räthen entnehmen, daß unweit davon gear-beitet wird. Die Zwischenmusik, den Charakter der Gegend, großartige Ruhe und Einsamkeit ausdrückend, dauert auch bei Eröffnung der Scene fort. Nach einigen Takten geht sie in eine hastige stürmische Melodie über.)

Erster Auftritt.

(Opisha Koaki kommt wankend aus dem Walde heraus. Er ist an der Brust ver-wundet und stützt sich mühsam auf seinen Tomahawk. Er findet die Thüre des einen Blockhauses verschlossen und da er das gegen-überliegende nicht mehr erreichen kann, stürzt er kraftlos zusammen. Die Musik, welche seine Bewegungen begleitet, bricht ab. Nach einer Weile tritt Lise aus dem mittleren Blockhause.)

Zweiter Auftritt.

(Lise. Opisha.)

Lise (sich umsehend). Sie kommen im-mer noch nicht. Was sie nur treiben! Seit die alte Schwarzwälderuhr da drin-nen stehen blieb, wissen wir die Zeit nicht anders, als nach der Sonne; aber es muß hoch Mittag sein, die Hitze ist hier unter den Bäumen kaum auszuhalten... Was das für Bäume sind, größer wie daheim im Schloßgarten, und braucht kein Gärtner d'rum zu sorgen. Wenn ich so in den Wald hineinschaue — wie das in einander treibt und wächst! — Und was Alles da drinn' lebt und sich rührt, mir kommt ordentlich ein Schauder an; aber da unten auf der Erde ist das nämliche Gras wie daheim, da droben der nämliche blaue Himmel — das giebt Muth, daß man denkt, der alte Gott lebt auch noch! (Bemerkt Opisha.) Was ist denn das? Ein Mensch? — ein Wilder — ist er todt? (Rüttelt ihn.) He, Mann, was ist Euch? Steht auf!

Opisha (erhebt sich, sinkt aber gleich wieder zurück — mühsam:) Wasser — Wasser!

Lise. Gleich, gleich! (Eilt in die Hütte und kommt schnell mit einem Geschirr zurück, aus dem sie Opisha zu trinken giebt.) Trinkt, guter Mann, erholt Euch!

Opisha (nach einer kleinen Pause, sich erholend.) Der große Geist segne die Tochter der bleichen Gesichter! Sie hat dem weißen Raben das Leben gerettet.

Lise. Ihr blutet ja! (Verbindet ihn.) Was ist Euch geschehen? Wer seid Ihr?

Opisha. Kennt die Tochter des Fremdlings den weißen Raben nicht? Er ist ein Häuptling bei dem Stamme der Comanches und sein Wigwam steht an der Wurzel der grünen Berge.

Lise. Aber wie kommt Ihr hieher? Was ist Euch widerfahren?

Opisha. Ich will es dir sagen, denn du bist nicht wie die Anderen vom Stamme der bleichen Gesichter, dein Herz ist das der Rothhaut! Wisse, die Cajugas haben unser Dorf angezündet und unsere Mustangs geraubt; ihre Farbe ist der meines Stammes gleich, aber die Cajugas haben von den Bleichgesichtern gelernt, das Feuerwasser trinken, sie sind Diebe geworden. D'rum sprachen die Krieger meines Stammes: „Der weiße Rabe ist alt, seine Erfahrung ist

groß im Rath und seine Büchse sicher im Krieg: wir wollen ihn zu den Cajugas senden!" Da machte ich mich auf und bot ihnen an, die Friedenspfeife mit mir zu rauchen — sie thaten es, aber auf dem Heimweg lauerten sie, wie die Tiger im Gebüsch, an meinem Pfad und überfielen mich, da ich schlief.

Lise. Die Abscheulichen! Sind denn die Menschen überall gleich?

Opisha. Schilt die rothen Männer nicht, die Bleichgesichter haben sie verführt — einer von deinen Brüdern war unter ihnen.

Lise. Ein Weißer, sagt Ihr?

Opisha. Ich war die Nacht durch gegangen und wie die Hitze kam, hatte ich mich im Schatten gelagert. Der Weiße stach mich mit seinem Messer in die Brust — ich sprang auf, und weil er entfloh, schlug ich zwei der andern mit dem Tomahawk zu Boden. Ich nahm Ihnen den Scalp... siehst du (zeigt die am Gürtel hängende Kopfhaut).

Lise. Entsetzlich! Warum thut Ihr das?

Opisha. Ich bringe ihn meinem Weibe, daß sie ihn in unserm Wigwam aufhänge und meinen Kindern zeige. Aber ich werde ihr auch sagen von der Tochter der bleichen Gesichter, die den weißen Raben erquickte, da er verschmachtete. Sie wird es den Kleinen erzählen und wird sagen: Friede zwischen ihr und dem Stamm der Comanches!

Lise. Ich dank' Euch. Ihr müßt gute Menschen sein und seid doch so wild. Nun, Ihr versteht's eben nicht besser. Betet Ihr auch zu Gott?

Opisha. Der große Geist wacht über Allen!

Lise. Und auch unser Gott ist ein Geist — das hab' ich schon in der Schule gehört. — Wie ist Euch jetzt?

Opisha. Ich bin noch müde — aber die Kraft kommt zurück, und die Wunde brennt weniger.

Lise. So kommt hier herein. Der Herr des Hauses ist auf der Jagd und kommt vor Abend nicht heim; da könnt'

Ihr ausruhen. (Führt ihn in die Hütte rechts, kommt aber bald zurück.)

Dritter Auftritt.

(Lise. Rose kommt mit Lise zugleich blaß und lebend von der Seite herein.)

Lise. Kommt Ihr endlich? Ich bin schon in Sorgen um Euch gewesen.

Rose. Die Arbeit ist gar zu viel. Mein Mann plagt sich, was er kann; ich wollt' ihn die Arbeit nicht allein thun lassen wollen — aber nun hat's mich fortgetrieben, ich hab' die Müh' nicht mehr mit ansehen können.

Lise (bei Seite). Die arme Frau — wie blaß sie aussieht.

Rose (wirft sich, in Thränen ausbrechend, auf eine Bank im Vordergrund). O, ich hab's vorher gewußt, ich überleb's nicht! Ich geh zu Grund in dem unglückseligen Land.

Lise. Nicht doch, Frau Rose, beruhigt Euch! Es ist freilich anders als daheim und viel ist auch anders als man uns gesagt und wir uns eingebildet haben, aber wir sind ja hier wie dort in Gotteshand. Weint nicht so! Habt Ihr doch Euren Mann, Eure Kinder! Sind wir nicht beisammen?

Rose. Ja, wenn das nicht wär', du gute Seele — dann läg' ich schon lang unter den Bäumen, oder im Wald, oder wo Ihr mich sonst eingegraben hättet... denn Kirche und Friedhof giebt's ja auch nicht, wie daheim!

Lise. Was macht das? Unser Herrgott ist überall und beten kann man unter diesen Bäumen so ernsthaft wie in der schönsten Kirch!

Rose. Und meine Kinder — meine armen Kinder! Hat eine Mutter nicht so schon Sorgen genug! Muß ich mich auch noch kümmern, daß sich eines in der Wildniß verlauft, oder daß eine Schlange oder sonst ein wildes Thier sie zerreißt oder daß die Indianer sie stehlen und umbringen...

Lise. Ihr plagt Euch selbst, Rose — die Kinder haben ihre Schutzengel! Folgt mir; nehmt Euch zusammen, erheitert Euch! Ihr habt's sonst immer gern gehört, wenn ich Euch was vorgesungen hab' — soll ich Euch ein Lied singen?

Rose. Wenn dir's Freude macht.

Lise. Euch soll's Freude machen! Ein gutes Lied ist halber Trost! Horcht einmal! (singt:)

Fröhlich und wohlgemuth
Wandelt das junge —

Rose. Geh' doch! Mir ist gar nicht wohlgemuth.

Lise. So will ich eines singen, das traurig ist und doch einen fröhlichen Sinn hat. Das Lied von den Glocken und von dem Wandersmann.

Rose. Meinetwegen!

Lise (singt:).

Wenn die Sonne früh um viere
Ueber'n Berg herüber scheint,
Bin ich wach schon und marschire,
Ohne Abschied — ich verliere
Keine Seel', die um mich weint —!
Nur die Glocken rufen leise
Gutes Glück mir nach zur Reise:
„Geh' nur weiter — schau nicht um!
„Immer weiter! Bim, bam, bum!"

Wie fliegt Hain und Feld zumalen,
Bis die Sonne niedersinkt,
Bis in ihrem letzten Strahle,
Aus den Schatten tief im Thale,
Städtchen oder Dörfchen winkt!
Wenn die müden Füße stocken,
Rufen schon von fern die Glocken:
„Komm' nur näher! Schau nicht um!
„Immer näher! Bim, bam, bum!"

Rüstig! bis die Wanderschuhe
Einmal abgelaufen sind —
Auf den Spähnen in der Truhe,
Ei, wie liegt sich's in der Ruhe,
Nach dem langen Weg so lind!
Und die Glocken rufen dann,
Leise nach dem Wandersmann:

„Komm' zu raſten, ſchau' nicht um,
„Immer raſten! Bim, bam, bum!"

Vierter Auftritt.

(Vorige. Sabine. Während des Liedes iſt Sabine, Sichel und Rechen in der Hand tragend, gleichfalls vom Freien herkommend, eingetreten. Sie bleibt ſtehen und nähert ſich mit ſichtbarem Antheil. Dann ſetzt ſie ſich unbemerkt hinter beiden nieder; ſie wiſcht ſich die Augen aus, am Ende des Liedes ſchluchzt ſie laut, worauf Roſe ſich das Geſicht verhüllt.)

Liſe (ſteht ſich, nachdem ſie ausgeſungen, verwundert um). Nun. Ihr ſagt nichts? Ihr lobt mich gar nicht? Ei, der Tauſend, das hab' ich gut gemacht! Ich will die Eine tröſten mit meinem Geſang und jetzt weinen Beide, wie die Dachtraufen. Und Ihr gar, Kloſtermairin! Wie oft habt Ihr mich ausgelacht mit meinen Liedern und jetzt —

Sabine (immer halb weinend). Laß mich in Ruh! — — Ich ſoll dich wohl fragen, wenn ich weinen will?

Roſe. Ich denk', der Mutter werden eben auch die Glocken von daheim in die Ohren geklungen haben, wie mir.

Sabine. Ach ja — mir iſt, als hört' ich ſie — — bim, bam, bum!

Roſe. Wir hören's doch alle mit einander nicht wieder.

Liſe. Was thu' ich nur um ſie zu beruhigen? Gott ſei Dank, da kommen die Kinder.

Fünfter Auftritt.

(Vorige. Georg, Hanne aus dem Hauſe kommend.)

Liſe. Wo bleibt Ihr, Kinder!? Mutter und Großmutter warten ſchon eine gute Weil' auf Euch!

Hanne. Ich hab' meinen Spruch gelernt. Soll ich ihn ſagen?

Liſe. Später! Hätt' es mir auch im Leben nicht träumen laſſen, daß ich noch den Schulmeiſter machen ſoll — aber es geht Alles, wenn man muß! Und du, Georg, wie ſtehts mit beinem Spruch?

Georg. Ich mag ihn nicht lernen.

Liſe. Du magſt nicht? Recht hübſch! Wirſt du ihn mir gleich nachſagen:
„In der Schule will ich ſein
Fleißig und ſein ſittſam ſein."
Nun?

Georg. Ich mag nicht; ich geh' ja nicht in die Schul'.

Liſe. Da hat er freilich recht.

Hanne (die ſich unterdeſſen zur Mutter gemacht und ihr ſchöngethan hat). Weine nicht, Mutter, wir wollen den Vater bitten, daß wir wieder in unſer Dorf gehen.

Roſe. Beileibe nicht, Kind! Der Vater würde ſehr böſe werden. Wir müſſen ſchon hier bleiben.

Hanne. Aber daheim wär's viel ſchöner!

Sabine. Das weiß Gott! und geſelliger auf jeden Fall.

Georg. Der Vater kommt. (Eilt ihm mit Hanne entgegen.)

Sechster Auftritt.

(Vorige. Riedl.)

Riedl (kommt mit Ackergeräthe vom Freien her). Da ſeid Ihr ja Alle bei einander — Grüß Gott! Wie geht's dir, Frau?

Roſe. Leiblich; wenn das Stechen in der Bruſt manchmal nicht wär, könnt' ich nicht klagen.

Riedl. Du mußt dich eben ſchonen; du darfſt mir nicht mehr auf den Acker hinaus.

Roſe. Du kannſt doch auch nicht Alles allein thun.

Riedl. 's iſt bös. Wenn nur die

andern Ansiedler kämen, von denen sie uns gesagt, so könnten wir einander aushelfen — aber so sitzen wir mitten im Lande allein.

Georg. Vater, mich hungert!

Riedl. Recht, Bub', daß du uns daran erinnerst. Geht, richtet das Essen, ich komme gleich nach.

Sabine. Das ist bald gerichtet. Kurze Haare sind leicht bürsten.

Rose. Kommt Kinder! (Mit Lise und den Kindern ab in's Haus.)

Siebenter Auftritt.

(Riedl. Sabine.)

Sabine. Essen richten! Als wenn wir anderes hätten als Mehlsuppe und die langweiligen Früchte da... ich weiß nicht wie sie heißen!... Wie wär's Jakob — — was meinst du, mein Sohn... wie wär's —

Riedl. Nun, was denn?

Sabine. Wenn wir wieder heim gingen?

Riedl (gezwungen lachend). Heim? Wo wär' denn das? Sind wir denn wo anders daheim als hier?

Sabine. Guck' mal wie du red'st! Bist du schon so eingewohnt? Ich bin nirgends daheim, als in meinem Dorf.

Riedl. Aber wer war denn am meisten dahinter, wie's an's Auswandern ging, als Ihr? Das ganze Dorf mit allen Leuten war Euch ja zuwider.

Sabine. Ei was, zuwider! Ich hab' mich geärgert und im Aerger sollte man nie etwas thun! Aber die Leute machen's auch darnach.

Riedl. Ihr wißt, warum ich fort bin; ich kann nicht mehr zurück.

Sabine. Kannst nicht? Schau deine Kinder an — die wachsen heran ohne Unterricht, ohne Religion.

Riedl. Sie haben die Lise, die weiß mehr, als mancher Dorfschullehrer. Und die Religion? — Liebe Mutter, wenn

sie in der Umgebung nicht beten lernen, und den Herrn finden, dann suchen sie ihn auch in unserm Dorf umsonst!

Sabine. Du mußt immer Recht haben! — Und dein Weib?

Riedl. Mein gutes, armes Weib!

Sabine. Ja wohl, dein armes Weib! Kannst du dich in deinem Eigensinn so verhärten, daß du nicht siehst, wie sie sich verzehrt?

Riedl. Sie hat nie geklagt.

Sabine. Als ob sie klagte! Sie hält still wie ein Opferlamm und muckt nicht, aus lauter Liebe zu dir — aber sie nimmt's zu Herzen und wird sich die Schwindsucht an den Hals grämen!

Riedl. O Mutter, Mutter — was hab' ich Euch gethan, daß Ihr mich so quält?

Sabine. Ich kann dir's nicht ersparen, Jakob. Es ist mir schon lang auf dem Herzen gelegen und muß einmal herunter! — Entschließ' dich, Jakob, führ' uns wieder heim.

(Geht weinend ab.)

Achter Auftritt.

(Riedl.)

Riedl. Ich kann nicht; ich seh' es lang wie sie Alle leiden, aber ich muß die Augen zudrücken, denn ich habe keinen Trost für sie. Trost! Er wär' mir selbst am meisten Noth!... Was bin ich gewesen und was bin ich jetzt? — Und warum bin ich's? Blos, damit ich arbeite und lebe, wie ein Taglöhner, und sagen kann — ich bin mein eigener Herr? — Aber bin ich denn nicht gerade darum fort?... Und doch, kann ich's nicht mehr so lebendig in mir finden, wie damals, daß ich fort mußte! Wär's nicht meine Schuldigkeit gewesen, bei den Andern auszuhalten? Aber was quäl' ich mich — es ist geschehen und nicht mehr zu ändern. (Will gehen.)

Was kommt denn da? Seh' ich recht?
Ist das nicht Martin?

Neunter Auftritt.

(Riedl. Martin.)

Martin (in zerlumpter Kleidung, eine
Flinte auf dem Rücken). Ich bin's — —
erschreckt Ihr vor mir?

Riedl. Wüßte nicht warum. Ich
staune nur, was dich hieher führt?

Martin. Was? Nichts. Ich habe
nur 'mal sehen wollen, wie's Euch geht.

Riedl. Leiblich. Und dir? Wo lebst
du denn und von was?

Martin. Von was? Von meiner
Flinte. Die Jagd ist ja frei und Wild-
pret giebt's genug. — Wo ich lebe?
Ueberall. Bin das Stillsitzen satt —
ich zieh' herum.

Riedl. So allein?

Martin. Die Indianer sind ver-
trägliche Leute, ich bin gut Freund mit
ihnen. Aber hört — weil ich doch einmal da bin — was macht sie denn?

Riedl. Wen meinst du?

Martin. Na, das trotzige Ding, die
Lise.

Riedl. Die ist brav und fleißig,
wie immer.

Martin. Und der Andere? Hat er
sich nicht sehen lassen?

Riedl. Ich versteh' dich nicht!

Martin. Er hat sie eben doch sitzen
lassen, nicht? Geschieht ihr recht, der
hochmüthigen Närrin!

Riedl. Wenn du mir sonst nichts
zu sagen hast — —

Martin. Doch — mein Pulver geht
zu Ende; gieb mir ein's.

Riedl. Mein Vorrath ist ganz klein
und ich hab fast zwanzig Meilen, bis ich
welches bekomme — du kannst dir's dort
leichter holen.

Martin. Meint Ihr? — Sie werden
mich im Fort zwar noch im An-

denken haben, aber ich will's wagen!
Gebt mir also Geld.

Riedl. Geld? Hör, Martin, nimm
erst einen guten Rath. Gieb das Leben
auf — arbeite, bleib' bei mir als ein
ordentlicher Mensch.

Martin. Daß ich ein Narr wäre!
Macht geschwind, ich hab' Eile und greift
nicht zu knickerisch in die Tasche.

Riedl (bei Seite). Was will ich
machen? Ich darf ihn nicht reizen —
er wäre zu Allem fähig. (Laut.) Da
nimm — und wenn du einen zweiten
guten Rath nicht auch verschmähen willst,
wie den ersten, so mach', daß ich dich
nicht mehr in der Nähe meines Hauses
antreffe. Verstanden?

(Ab in's Haus.)

Zehnter Auftritt.

(Martin.)

Martin. Warum denn nicht? Es
ist deutlich genug — und mit dem Bet-
telgeld will er sich von mir loskaufen?
— Du wirst herausrücken müssen, du
Filz — das schwör' ich dir! (Ab.)

Elfter Auftritt.

(Rothhuber kommt hastig und athemlos aus
dem Walde gelaufen.)

Rothhuber. Gott sei Dank, da bin
ich! Und unzerrissen, das ist die Haupt-
sache. (Stellt seine Flinte vor seine Hütte
links.) Sauberes Vergnügen das! Ich
bin hin, ganz zerschunden an den Bei-
nen, zerkratzt im Gesicht, zerschlagen in
allen Gliedern! Was hilft in dem Lande
die Jagdfreiheit, wenn man seines Lebens nicht sicher ist! Wie kann man
die Tiger und die Büffel so herumlaufen
lassen; da sollte sich die Polizei in's
Mittel legen! Ja so, ich bin im Lande

der Freiheit — da giebt es keine Polizei! Na, um diesen Preis kann man sich schon was gefallen lassen, — aber die Tiger — die Tiger! (umher sehend.) — Ich bin also im Lande der Freiheit! Na — das begreif' ich jetzt vollkommen, warum hier das Land der Freiheit ist. — Platz ist da, Platz im Ueberfluß, man genirt einander mit dem besten Willen nicht. Aber was nützt mir diese Freiheit? Sie ist eine unwillkürliche, eine aufgezwungene; ich kann sie nicht gebrauchen, nicht kund geben. Keine Vereine — denn es fehlt an Mitgliedern — keine Volksversammlung, denn es ist Niemand da, der sich anreden läßt; man muß seine Kraft in sich verkohlen lassen und das ist hart für einen Mann wie ich. O, meine Träume vom Heldenruhm!

Zwölfter Auftritt.

(Rothhuber. Taylor. Während Rothhuber's Monolog ist Taylor eingetreten; er trägt das Jagdkostüm eines eingebornen Amerikaners, sieht sich um; bemerkt, ohne von Rothhuber Notiz zu nehmen, dessen Flinte, besieht sie ganz genau und hängt sie dann ganz ruhig über die Schulter, indem er die seine dafür hinstellt. Wie er sich entfernen will, bemerkt ihn Rothhuber.)

Rothhuber. Was passirt denn da? Ich glaube gar, der Strohhut hat mir meine Flinte genommen. (Sieht nach.) Richtig! Heda, mein Herr! Sie! Sie! Taylor. Was giebt's? Was ist?

Rothhuber. O nichts, gar nichts — eine Kleinigkeit! Sie haben nur, vermuthlich in der Zerstreuung, meine Flinte mitgenommen. Taylor. No, Sir! Ich habe getauscht. Rothhuber. Was? Getauscht? Taylor. Yes, Sir. Rothhuber. Erlauben Sie, zu einem

solchen Handel gehören zwei — ich habe nicht getauscht. Taylor. Unnöthig, Ihre Flinte gefällt mir. Rothhuber. Aber mir nicht die Ihrige — das ist eine Muskete aus der Zeit vor der Erfindung des Schießpulvers! Taylor. Yes, Sir, ein Alterthum! Rothhuber. Ei was — mit dem Alterthum schieß ich keinen Spatzen vom Dach! — Kurz und gut, Herr, geben Sie mir meine Flinte zurück, oder — ich verklage Sie. Taylor. Verklagen? Ein Colonist! Ein Dutchman einen Yankee? Well — das Gericht in Burdon House ist sechzig Meilen und die Richter sind alle Yankees. Rothhuber. Yankee? Was ist das? Taylor. Ein Yankee ist, was ich bin, ein eingeborner Amerikaner, echtes Vollblut — ein Ansiedler, ein Dutchman gewinnt niemals gegen ein Vollblut - Yankee! Rothhuber. Das sind ja recht angenehme Aussichten! Aber meinetwegen, dann mach' ich kurzen Prozeß und helfe mir selber — — meine Flinte her oder ich schlag' den Herrn nieder und zapf' ihn an, weil er doch so vollblütig ist. Taylor. Well — dann werd' ich Sie verklagen als Räuber oder werde Sie hängen lassen — durch ein Lynch-Gericht. Rothhuber. Ah, das wird ja immer schöner! Man nimmt mir also mein Eigenthum und ich habe keine Hülfe — und das wäre das Land der Freiheit? Taylor. Zweifeln Sie daran? Wiederholen Sie das nicht, wenn Ihnen Ihr Leben lieb ist — sonst schlagen wir uns und ich probire Ihre Flinte zuerst an Ihnen. Ist Amerika das Land der Freiheit?! Antwort, Sir? Rothhuber. Gewiß — o ganz ohne Zweifel! Ich bin das Freisein nur noch nicht gewohnt.

Taylor. Well, Sir! Das iſt Ihr Glück! Good bye! (Ab.)

Rothhuber. Ebenfalls… Ebenfalls! War mir ſehr angenehm Dero werthe Bekanntſchaft zu machen. — Ich weiß nicht, den Plan mit der Abſchaffung des Eigenthums, den muß ich mir doch noch einmal überlegen! Aber ich muß ihm ſchon das Geleit geben, ſonſt gefällt ihm noch was von meinen Sachen. (Ab.)

Dreizehnter Auftritt.

(Schwarzberger tritt von der andern Seite, tiefſinnig mit unterſchlagenen Armen ein.)

Schwarzberger. Nein — nein! und nochmals nein! So geht's nicht, ſo kann's in die Länge nicht gehen; — bei der Lebensweiſe würde ich einſchrumpfen, wie eine Birne im Dörrofen. Das iſt wahr, was ich wollte, hab' ich! Ruhe — Ruhe bei Tag und Nacht. — Ich kann des Morgens ſchlafen, ſo lang' es den Mücken gefällig iſt — kein Menſch kümmert ſich d'rum; ich kann ausgehen oder daheim bleiben — arbeiten oder faullenzen — leben oder ſterben — Niemand fragt darnach! Und wenn es je einmal eine Abwechslung giebt, ſo iſt es gewiß immer eine recht luſtige, ſo ein Klapperſchlänglein, das durch's Gras rutſcht — oder ein Brüllfroſch, der einen aus dem Schlafe aufſchreit, als wenn Gott weiß was für ein Ungeheuer da wäre! Ich weiß nicht wie mir geſchieht — aber manchmal gäb' ich was d'rum, wenn ich ein Lokomotiv pfeifen, oder eine Nähmaſchine wackeln hören könnte, oder wenn's ſo eine kleine Unruh abſetzte! — So iſt's unter Tags und erſt die Abende — wenn nur wenigſtens ein Wirthshaus da wär! Wirthshaus! — Schon in dem bloßen Wort liegt ſo etwas Muſikaliſches — was Verführeriſches! Mein einziger Troſt iſt der Schlaf, da träumt mir wenigſtens davon. — Ich will mich niederlegen, vielleicht bin ich wieder ſo glücklich. (Nähert ſich ſeinem Hauſe,) Aber was iſt denn das? Die Thüre offen? Wer iſt da? (Geht hinein; kommt aber augenblicklich wieder ſchreiend heraus.)

Vierzehnter Auftritt.

(Schwarzberger. Opiſha. Liſe.)

Schwarzberger. Hilfe! Hilfe!

Opiſha (verfolgt ihn mit hochgehobenem Tomahawk). Ich opfere dich dem großen Geiſt, falſches Bleichgeſicht!

Schwarzberger (kauert ſich zuſammen.)

Liſe (aus dem Hauſe ſtürzend, fällt Opiſha in den erhobenen Arm). Um Gottes Willen, halt!

Opiſha. Du da, weißes Mädchen? Wende dein Auge und laß mich das Bleichgeſicht erſchlagen.

Liſe. Was hat er Euch gethan? Er iſt der Mann dem die Hütte gehört.

Opiſha. In der ich ruhte? Wie ich aus dem Schlafe auffuhr, hielt ich ihn für den, der mir dieſe Wunde ſchlug. Verzeih dem weißen Raben, du Bleichgeſicht, er dankt ſeinem Gaſtfreund.

Schwarzberger. Wer iſt denn der weiße Rabe?

Opiſha. Ich bin es.

Schwarzberger. Sonderbarer Name! Aber wie kommt denn der Herr da hinein? Meine Hütte iſt doch kein Rabenneſt.

Opiſha. Vergieb dem weißen Raben, Bleichgeſicht, — mein Tomahawk hat keine Schneide für dich!

Schwarzberger. Schon recht, — — fuchteln Sie nur nicht ſo herum damit.

Opiſha. Ich war dein Gaſt — in meinem Wigwam biſt du der meine.

Schwarzberger. Bitte, incommodiren Sie ſich gar nicht!

Opiſha. Komm, laß uns die Friedenspfeife rauchen, Bleichgeſicht.

3 *

Schwarzberger. Immer Bleich=
gesicht! Ich mein', bei dem Schrecken
wär' Jeder blaß geworden, der nicht
auch so in Kupfer getrieben ist!

Lise. Thut ihm doch seinen Willen.

Opisha. Mach' es wie ich — sprich
mir nach. (Nimmt seine Pfeife vom Gürtel,
zündet sie an und setzt sich auf orientalische
Weise.)

Schwarzberger. Ich muß nur
erst meine Pfeife holen. (Bringt eine
große Meerschaumpfeife und setzt sich neben
Opisha.) Au weh! wie unbequem! Den
Hexenschuß darf man nicht haben zu der
Bruderschaft! Also jetzt kann's losgehen!

Opisha (raucht und bläst ihm den Rauch
in's Gesicht). Friede!

Schwarzberger. Erlauben's —
was thun 's denn, Sie ersticken mich
ja —

Lise. So fügt Euch doch und macht
es ebenso, Ihr erzürnt ihn sonst.

Schwarzberger. Na, der soll sich
freuen, wie ich ihn andampfen will ...
Friede! (bläst Opisha an.)

Opisha (wie oben). Friede — so
lange das Gras wächst.

Schwarzberger. Versteht sich, ver=
steht sich!

Lise. Ihr müßt es nachsagen!

Schwarzberger. Bitte, hab's nur
überhört — so lange das Gras wächst.

Opisha. Friede, so lange das Wasser
springt.

Schwarzberger. Und noch ein
Zeiserl singt — dauert's noch lang die
Geschichte?

Opisha. Nun laß uns die Pfeifen
tauschen, damit wir ein Zeichen haben,
uns wieder zu erkennen.

Schwarzberger. Auch nicht übel
— der Tausch bringt mich wenigstens
nicht in den Verdacht des Eigennutzes.

Opisha. Und nun lebe wohl — lebe
auch du wohl, weißes Mädchen mit dem
Herzen der Rothhaut.

Lise. Habt Ihr Euch denn schon
erholt?

Opisha. Der Enkel der Sonne ist
biegsam wie die Sehne an seinem Bo-

gen. Leb wohl! Und wenn du meiner
bedarfst, so geh' den Saum des Waldes
entlang, einen Tag und eine Nacht
der Sonne entgegen. Dort wohnen die
Comanches — dort steht der Wigwam
des weißen Raben — dort wird er jeden
Tag mit dem großen Geiste von dir
reden.

Lise. Lebt wohl!

Schwarzberger. Gott befohlen,
Herr Bruder Rab! Befehlen Sie ein
andermal!

Opisha geht.

Lise (folgt und winkt ihm im Hintergrund noch grüßend nach).

Schwarzberger. Also das war das
indianische, das wilde Schmollis, wie's
die Studenten nennen. Etwas unbequem aber interessant! Sehr interessant
— man lernt doch niemals aus.

Fünfzehnter Auftritt.

(Schwarzberger. Lise. Dann Rothhuber.)

Schwarzberger. Das muß man
übrigens gestehen, die kleine Person hat
Courage wie der Teufel! Womit kann
ich sie wohl belohnen? Weiß schon!
Das ist auch das sicherste Mittel gegen
meinen Ueberfluß an Ruhe.

Lise (kommt näher).

Schwarzberger. Nun, Jungfer
Lise, Ihr habt mir heute zum zweiten
Mal das Leben gerettet!

Lise. Redet doch nicht von einer
solchen Kleinigkeit.

Schwarzberger. Bitte — mir ist
sie gerade groß genug: aber Ihr sollt
auch sehen, daß ich nicht undankbar
bin — (streckt die Hand aus) da ...

Lise. Was bedeutet das?

Schwarzberger. Schlagt nur ein!
Es bedeutet, daß ich Euch meine Hand
schenke und in der Hand mein Herz!
Ich heirathe Euch!

Lise (lachend). Ist das möglich?

Schwarzberger. Sie lacht? Ein gutes Zeichen! Wenn Ihr etwa zu sehr überrascht seid, — so sagt's ungenirt, ich gebe Euch Zeit zur Fassung.

Lise. Nicht nöthig. — Ich danke für Herz und Hand, als wenn ich's annehmen könnt'!

Rothhuber (im Eintreten). Was geht denn da vor? Was will dieser Philister bei der geheimen Königin meiner Gedanken!

Schwarzberger. Ihr könntet Euer Glück von Euch stoßen? Grausame! (Faßt ihre Hand und will sie küssen.) Ein so weiches Patschchen und ein so hartes Herz!?

Rothhuber (tritt zwischen Beide). Das verbitt' ich mir.

Schwarzberger. Muß der Teufel gerade den herführen. — Wer hat sich da was zu verbitten?

Rothhuber. Ich! Diese Blume ist nicht für eine solche Schlafmütze gewachsen. Lise ist meine Braut.

Schwarzberger. Was? Braut? **Lise.** Ei, sieh doch! — Davon hab' ich ja noch nicht das geringste gewußt.

Rothhuber. Verstelle dich nicht, holde Seele! Gesteh' es frei und offen, daß du den kühnen Rothhuber liebst.

Schwarzberger. Nicht diesen unsinnigen Weltstürmer — mir, dem soliden, ruhigen Manne gebührt diese Hand!

Rothhuber. Die Liebe sei des Helden Lohn!

Schwarzberger. Nein, der stille Bürger trägt den Sieg davon!

Lise. Bemüht Euch nicht, Ihr Herrn, — ich mag Euch alle Beide nicht.

Schwarzberger. Nicht? Hm — fatal — aber wenigstens kriegt er sie auch nicht.

Rothhuber. Ich bin abgeblitzt — aber mein Feind ist es mit mir!

Lise. Euer Feind sagt Ihr? Also habt Ihr selbst in der Wildniß noch immer nicht gelernt Euch zu vertragen? Ihr braucht nur die Augen aufzumachen, um einen guten Freund zu finden.

Rothhuber. Unmöglich!

Lise (zu Schwarzberger). Ihr solltet nicht hartnäckig sein! — (Führt ihn bei Seite.) Wenn ich Euch nun sage, daß er nur darauf wartet, daß Ihr den ersten Schritt zur Aussöhnung thut?

Schwarzberger. Was sagt Ihr?

Lise. Er hat sich schon lang' überzeugt, daß Eure Ansicht die richtige ist, aber er schämt sich, es zu gestehen: er fürchtet, Ihr werdet ihn ausspotten ...

Schwarzberger. Ja, dann ist's was anderes, — dann muß ich ihm entgegenkommen ...

Lise. Ich will's ihm hinterbringen — nur das einzige bedingt er sich aus, daß vierundzwanzig Stunden lang kein Wort über Politik gesprochen wird.

Schwarzberger. Zugestanden!

Lise (geht zu Rothhuber und spricht jetzt leise mit diesem).

Schwarzberger. Sieh', sieh'! wie sich das gemacht hat! Je nun, es konnte auch nicht anders sein ... Die Wahrheit bringt mit der Zeit immer durch! Bin nur begierig, ob meine Festigkeit mehr Einfluß auf ihn gehabt hat, oder meine Ruhe. — — Ja, ja — — so was imponirt!

Rothhuber (zu Lise). Also sieht er wirklich ein, daß er ein Esel war?

Lise. Freilich — aber Ihr begreift doch, daß man so was nicht zugestehen kann?

Rothhuber. Eigentlich hätt' er die Strafe verdient — aber meinetwegen, es sei d'rum! Die Freiheit stößt keinen zurück. — Er soll mein Freund sein von nun an.

Lise. Und die vierundzwanzig Stunden?

Rothhuber. Abgemacht, so lange wird kein Wort von Politik gesprochen!

Lise. Gut also — wir sind einig! Nun, Ihr Herren — hab' ich nicht recht gehabt, daß Ihr nur die Augen aufmachen dürft, um einen Freund zu finden?

Rothhuber. Allerdings. Wie die Sachen stehen —

Schwarzberger. Wie die Dinge sich geändert haben ...

Lise. Keine Redensarten — gebt einander frisch die Hände. —

Rothhuber (Schwarzberger die Hand bietend). Also Freund von nun an?

Schwarzberger. Auf ewig!

(Sie umarmen sich.)

Lise. Seht, das ist schön, das freut mich!

Rothhuber. Nun aber auch ein Glas auf die neue Freundschaft — was wachsen soll, muß man begießen. (Holt eine Flasche aus dem Hause.)

Schwarzberger. Ihr habt noch Wein? Freund, wir sind unzertrennlich.

Rothhuber (einschenkend). Hier! Ihr müßt auch mittrinken, Lise!

Lise. Und wie gern!

Rothhuber. Laßt uns Bruderschaft trinken!

Schwarzberger. Aber auf deutsche Art, bitt' ich mir aus!

Rothhuber. Prosit, Herr Bruder!

Schwarzberger (trinken mit verschränkten Armen und küssen sich, dann will er auch Lise küssen). Ihr auch, Lise!

Lise. Bemüht Euch nicht.

Rothhuber. Herrlicher Wein! Wenn ich ihn trinke, bin ich allemal wie daheim. Vortrefflich, ein neuer guter Freund, ein guter alter Wein — da fehlt nichts mehr zu einem deutschen Vergnügen, als ein gutes altes oder neues Lied.

Schwarzberger. Singt Eines, Jungfer Lise!

Lise. Recht. Ihr müßt aber Beide mitsingen!

Rothhuber. Wenn wir nur das Lied kennen.

Lise. O gewiß! Man hört's zwar daheim nicht oft — aber desto mehr ist die Red davon.

Schwarzberger. Ei das wäre?

Lise. Das Lied von der Eintracht.

(Singt.)

Menschen, reichet Euch die Hände:
Macht dem alten Zwist ein Ende,
Flüchtig eilt das Leben hin!
Laßt den Zank um eitle Dinge,
Und die Herzen all' umschlinge
Eintracht, du, o Zauberin!
    Weile, weile,
Sei der Engel unsres Thuns!
    Nicht enteile,
    Weile ewig unter uns.

(Der Refrain: „Weile", wird bei jeder Strophe dreistimmig wiederholt.)

Rothhuber.

Kommt nicht stets Euch in die Haare,
Eines doch ist nur das Wahre,
Das liegt vor der Nase da.
Statt in's Blaue auszuschweifen,
Bildt Euch nur, es zu ergreifen',
Und die Eintracht ist uns nah'.
    Weile, weile ꝛc.

Schwarzberger.

Wollt Ihr wissen, was ich meine?
Jeder thue treu das Seine,
Ohne Selbstbetrug und Schein!
Jeder sag' ich, grad und ehrlich,
Dann wird auf mein Wort entbehrlich
Alles Disputiren sein.
    Eintracht weile ꝛc.

Alle drei.

Wo auch Der und Jener wohne,
Unterm Strohdach, auf dem Throne,
Dieses Ziel ist Allen gleich. —
Darum reichet Euch die Hände,
Und vereinte Kraft vollende
Das beglückte neue Reich.
    Eintracht weile ꝛc.

(Alle drei ab. Schwarzberger und Rothhuber Arm in Arm.)

Sechzehnter Auftritt.

(Hanne. Georg. Martin. Kurzes Ritornell. Hanne und Georg treten aus dem Hause, nähern sich spielend dem Gebüsch. Bald darauf erscheint Martin auf der andern Seite und späht vorsichtig herein; wie er die Kinder bemerkt, giebt er ein Zeichen nach rückwärts. Einige Indianer werden sichtbar. Martin stürzt mit ihnen hervor, ergreift Hanne und schleppt sie mit sich fort. Die Musik, die das Ganze begleitet, bricht plötzlich ab.)

Hanne. Hilf, Mutter, hilf!

Martin. Schrei nur! Sie sollen dich theuer genug auslösen.

(Mit Hanne ab.)

Siebzehnter Auftritt.

(Riedl. Sabine. Rose. Lise stürzen auf Hanne's Geschrei aus dem Hause.)

Riedl. Was giebt's? Was schreit ihr so? —

Rose. Wo ist Hanne?

Georg. Fort, Mutter, — wilde Männer haben sie fort.

Rose. Geraubt?! Mein Kind? — meine — Gerechter Gott — (wird ohnmächtig).

Riedl (ist auf einen erhöhten Punkt geeilt). Wer? Wer? Dort — dort. — — Seht Ihr … durch das hohe Gras der Prairie fliegen Reiter dahin — es sind Indianer — O mein Gott! Ich erkenn' ihn am Gewand — Martin ist unter ihnen.

Sabine. Sie kommt zu sich!

Rose (erwachend). Was ist mir geschehen? O Gott! Mein Kind, mein Kind! Wer giebt mir mein Kind wieder?

Riedl. Ich will auf und ihnen nach.

Sabine. Damit wir dich auch verlieren? Nein — dich laß ich nicht fort.

Riedl. Aber wie dann das arme Kind retten?

Lise. Ich rett' es — wenn's eines kann, bin ich's! Ich suche den Häuptling auf. Getrost, liebe Frau, — getrost! Ich bring' Euch Euer Kind oder Ihr seht mich nicht wieder. (Eilt ab. Riedl ihr nach.)

Achtzehnter Auftritt.

(Rose. Georg. Sabine. Riedl und Rudolf später.)

Rose (hat indeß Georg zu sich herangezogen und liebkost ihn). Ihr guten Engel alle, beschützt mein Kind! Und du wache über der Unschuld, daß sie nicht zu Grunde gehe — Du — Vater unser, der Du bist in dem Himmel! —

(Betende Gruppe. Die Musik fällt leise ein.)

Der Vorhang fällt langsam.

Vierter Akt.

(Nacht. Dichter und undurchdringlicher Urwald mit Schlingpflanzen und Rankengewächsen verstrickt. Die eine Seite, weit in die Bühne hineingehend — nimmt ein hoher, steil abstürzender Felsen ein. Die Zwischenmusik drückt eine düstere unheilvolle Stimmung aus. Vor eröffneter Scene geht sie in das folgende Melodram über. Lise bleich — erschöpft, mit herabhängenden Haaren, wankt vorwärts.)

Melodram.

Das ‡ Zeichen bedeutet die Eintritte der Musik.

Erster Auftritt.

(Lise.)

Lise. Ich kann nicht weiter — die

Füße tragen mich nicht mehr ⚯ und noch immer kein Ausweg! ⚯ Nach der Beschreibung des Häuptlings kann sein Lager nicht mehr ferne sein ⚯ aber es ist unmöglich durch das Dickicht zu bringen … ⚯ Ich muß hier liegen bleiben. (Sinkt zu Boden.) Aber was wird dann aus dem Kinde? ⚯ Wenn ich es nicht mehr fände? … ⚯ Wenn ich ohne das Kind heimgehen müßte … ⚯ (Will sich aufraffen.) Nein … nein, ich darf nicht ruhen, ich muß fort! ⚯ (Wieder zurücksinkend.) Es ist umsonst! wider Willen fallen mir die Augen zu … ⚯ Und doch weiß ich, es ist mein Letztes, wenn ich einschlafe … ⚯ (Innig.) Mein Gott und Vater! ⚯ Wenn du es so beschlossen hast ⚯ (sinkt immer mehr zurück und schläft allmälig ein) dein Wille geschehe ⚯ bei dir bin ich gut aufgehoben. ⚯ Bei dir seh' ich Alles wieder, was ich lieb gehabt habe … meine Mutter ⚯ und die Kinder — ⚯ und — Rudolf …

(Sie schläft ein, die Musik schweigt nach einiger Zeit.)

Zweiter Auftritt.

(Martin. Hanne. Kommt nach einiger Zeit hinter dem Felsen hervor, Hanne nachschleifend. Lise schläft.)

Martin. Verflucht! Ich habe den Weg verloren! Wohin wend' ich mich? Die Comanches-Indianer — unsere Feinde können nicht fern sein, denen darf ich nicht in die Hände fallen … Hätt' ich nur den Balg nicht bei mir! Wüßt' ich nicht, daß sie ihn mit Geld aufwiegen werden, ich hätte das Ding lang im Wald liegen lassen. (Zu Hanne.) Auf! Wir müssen wieder weiter!

Hanne (auf dem Boden zusammengekauert). Ich bitt' dich, lieber Martin! Ich kann nicht mehr gehen.

Martin. So sieh', wie du nachkommst — du mußt mit! Marsch!

Hanne (weinend). Ich kann nicht mehr — ich bitt' dich — — ich bitt' dich.

Martin. Still, du Knirps, oder ich zertrete dich! (Will sie fortschleppen.)

Lise (von dem Lärm erwachend). Was geschieht hier? … Habe ich nicht Hanne's Stimme gehört? — Herr Gott, es ist kein Traum — sie ist es! (Eilt auf Hanne zu.)

Hanne (ihre Stimme hörend reißt sich los). Lise … Lise, führ' mich zu meiner Mutter!

Lise. Hab' ich dich denn wirklich, armes Kind? Sei ruhig — ja ich führe dich zu deiner Mutter!

Martin. Hoho! sein nicht gar zu eilig! Da muß ich auch dabei sein.

Lise. Martin, wohin hast bu's gebracht! Ein Dieb — ein Menschenräuber!

Martin. Kümmere dich um dich selbst, hoffärtige Dirne!

Lise. Aber was hast du mit dem Kinde vor?

Martin. Nichts. Ich brauche Geld — — der Klostermair soll's auslösen!

Lise. O gewiß! Mit Freuden! Laß mir das Kind und verlange, was du willst.

Martin, Daß ich ein Narr wäre! Nein, ich gebe den Vogel nicht aus der Hand! — Erst das Geld — dann kann er den Engel haben!

Lise. Gut! führ' mich hin — du sollst haben, was du begehrst …

Martin. Dich hinführen? Damit Ihr über mich herfielt und den dummen Teufel auslachtet, der sich hat prellen lassen? Nein, ich werd' schon einen Botschafter hinschicken und bu — du bist mir auch nicht umsonst in den Weg gelaufen — du gehst mit mir (Er faßt sie am Arm und reißt sie mit sich fort.)

Lise (bemüht sich loszumachen). Nein, lebendig bringst du mich nicht von der Stelle! — Halt' dich an mich', Hanne. — Fort sag' ich.

Martin. Schrei nur — wir sind nicht in unserem Dorf — Niemand hört dich —

Lise. Niemand als Gott! Auf den vertrau' ich — — Hülfe!!

Dritter Auftritt.

(Vorige. Rudolf.)

Rudolf (eilt herein). Das ist ihre Stimme, ich erkenne sie! Muth, Lise, die Hülfe naht!

Martin. Verdammt!... der Mensch auch hier! Was wollt Ihr? Zurück oder —

Rudolf. Zurück du selber, Schurke! Laß das Mädchen, und das Kind los, oder ich schieße dich dich nieder!

Martin. Versucht's — aber bei mir kracht's zuerst! (drückt eine Pistole auf Rudolf ab, dieser wankt und sinkt.)

Lise (stürzt aufschreiend zu ihm hin). Jesus!

Martin. Gute Unterhaltung bei einander — das Kind nehm' ich mit (eilt Hanne mit fortschleppend ab).

Hanne. Hilf, Lise, Hilf!

Vierter Auftritt.

(Rudolf. Lise. Opisha.)

Lise (kniet neben Rudolf, der betäubt am Boden liegt. Es fängt an zu dämmern.) Gott im Himmel, was soll ich beginnen? Bleib' ich hier, so verlier' ich die Spur des Kindes — und kann ich denn von diesem Blutenden weg? — — Er stirbt für mich — aber nein, das Herz schlägt! — Er athmet noch —

Opisha (vorsichtig mit einigen Indianern hereineilend). Hier war's! — Mein Ohr ist wie das der Schlange — hier fiel der Schuß! — — Was liegt da?

Lise (sich aufrichtend und sie erkennend). Ihr seid's? Ewiger Gott, ich danke dir — nun ist Alles gut!

Opisha. Du hier, mildthätige Weiße?

— Suchst du den weißen Raben? Ist dir ein Unglück geschehen?

Lise. Ein entsetzliches Unglück! Indianer haben das Kind meiner Freunde gestohlen — ein Weißer mit ihnen.

Opisha (wild aufschreiend). Ein Weißer sagst du mit Indianern? Das sind die Cayugas! Das ist, der nach dem Herzen des weißen Raben stach! Schnell, Mädchen — — du sollst das Kind wieder haben! Wohin sind die Cayugas entflohen?

Lise. Dort hinter jenen Felsen sind sie verschwunden.

Opisha (hineilend). Ich sehe im Boden die Spur ihres Fußes — — Bleibe, Mädchen, und harre meiner! Ich biete den ganzen Stamm der Comanches auf — der Räuber entgeht uns nicht! Ha, falsches Bleichgesicht, nun wahre dich! Der weiße Rabe kreist schon über deinem Haupt — jetzt bist du ihm verfallen! (Ab.)

Fünfter Auftritt.

(Lise. Rudolf.)

Lise. Gott sei mit ihm! Wie reich wird mir der Trunk Wasser vergolten! (Rudolf bewegt sich.)

Lise. Seh' ich recht? Er kommt zu sich ... (Rudolf erhebt sich und richtet sich etwas auf.) Wie ist Euch, Herr?

Rudolf. Ihr, Lise? Mir ist, als wäre Alles ein Traum, was mit mir geschah. Seid Ihr's denn wirklich?

Lise. Ei, ich bin's freilich — aber daß Ihr hier seid, ist wahrhaftig wie ein Traum! Ihr seid verwundet — wie ist Euch?

Rudolf. Leiblich gut. Es hat mich nur niedergeworfen und betäubt, die Wunde kann nicht tief sein ... es ist der Arm. Verbindet mir ihn so gut es geht, bald werde ich wieder im Stande sein, den Schändlichen zu verfolgen.

Lise. Darüber seid ruhig ... Die Hanne wird bald wieder bei uns sein, dafür ist gesorgt. Aber wie Ihr daher kommt, begreif' ich nicht.

Rudolf. Das wißt Ihr nicht? Sagt es Euch Euer Herz nicht?

Lise. Herr Rudolf!

Rudolf. Als ich Euch zum Letztenmal sah, wieset Ihr meine Liebe zurück, weil Ihr nichts in ihr erblicktet, als eine flüchtige Neigung — jetzt nach fast einem halben Jahre stehe ich wieder vor Euch und wiederhole das Gelübbe meiner Liebe. Werdet Ihr mir noch nicht glauben?

Lise. Es ist ja nicht möglich — ein so unbedeutendes Ding wie ich und ein Mann wie Ihr.

Rudolf. Diese Liebe war um mich in dem wilden Treiben der riesigen Seestadt, sie zog mich Euch nach in die Einsamkeit Eurer Ansiedelung; von New-York an die Ufer des Arkansas! Gerade im rechten Augenblick kam ich an, als Ihr Eure hochherzige That unternommen, von den verzweifelten Eltern erfuhr ich Alles. Die Liebe war es, die mir Eure Spur gezeigt; durch Nacht und Wildniß führt sie mich zu Euren Füßen, mitten in den Schauern des Urwaldes ... Werdet Ihr mir noch nicht glauben?

(Lise blickt verwirrt zu Boden.)

Ihr erwidert nichts? Ich errathe — — Ihr vertraut mir noch nicht, weil Ihr mich — weil Ihr das Geheimniß meiner Vergangenheit nicht kennt. Ihr sollt es kennen und mich darum nicht geringer achten. Ich gehörte zu den warmen Herzen, die es nicht zu fassen vermögen, daß neben der Liebe für ihr Vaterland, ihre Heimath, sie nicht auch darüber hinaus für ein großes, einiges Deutschland sich begeistern sollen! Man hat mich dieser Hoffnung wegen geächtet und verfolgt — ich mußte fliehen, um nicht in langer, vielleicht ewiger Haft zu verschmachten...

Lise. Armer Mann!

Rudolf. Nun wißt Ihr Alles — nun kennt Ihr mich ganz. Ich bin nicht arm: eine Stellung, die ich mir in New-York verschaffte, wird ergänzen, was etwa noch mangelt. Jetzt werbe ich nochmals um Euch, ich biete Euch Herz und Hand — werdet Ihr — wirst du mir jetzt noch nicht glauben, Lise?

Lise. Ich muß wohl — ach, man glaubt ja so gern, was man wünscht.

Rudolf. Also willst du mein sein, Lise? Mir folgen?!

Lise. Drängt mich nicht um Antwort — — mein Herz ist zu voll — laßt erst mein Werk vollendet sein, laßt mich das Kind wiederfinden, dann fragt mich wieder, Herr, dann will ich antworten.

Rudolf. Und diese Antwort wird eine beglückende sein — ich hoff' es, Lise, denn dein Herz liegt vor mir, wie der Bergsee, klar und durchsichtig bis zum Grund, auf dem meine Perle ruht!

(Schuß hinter der Scene.)

Lise. Hört Ihr! — Ein Zeichen — seht, dort wird es licht unter den dunkeln Bäumen — Fackeln! Sie sind's! Auf, ihnen entgegen! (Beide ab.)

Verwandlung.

(Scene wie im dritten Akt.)

Sechster Auftritt.

(Schwarzberger. Rothhuber eilen zankend herbei.)

Schwarzberger. Nein, sag' ich, und noch einmal nein!

Rothhuber. Und ich sage Ja und immer Ja!

Schwarzberger. Ich geb's nicht zu, ich gebe meine Stimme nicht.

Rothhuber. Ich gebe sie doppelt, dann ist die Deine überflüssig.

Schwarzberger. Wenn Jeder barein reben will, das gäb' eine babylonische Verwirrung! Viel Köpf, viel Sinn!

Rothhuber. Ja, aber vier Augen sehen mehr als zwei.

Schwarzberger. Viel Köche versalzen die Suppe.

Rothhuber. Und: Eines Mannes Rede ist keine Rede — Man soll sie billig hören Beede.

Schwarzberger. Und wer thun will, was Allen gefällt, muß Athem haben warm und kalt.

Rothhuber. Aber ich begreife nicht, wie ein Mensch, der ein Liberaler sein will, so reben kann.

Schwarzberger. Ich ein Liberaler? Gott soll mich bewahren.

Rothhuber. Was? Hast du der Lise nicht gesagt, du hättest deine Thorheit eingesehen und wolltest zu mir übergehen?

Schwarzberger. Ist mir nicht eingefallen!

Rothhuber. Hast du dir nicht ausbedungen, daß 24 Stunden kein Wort von Politik gesprochen wird?

Schwarzberger. Umgekehrt! Du hast das Alles gesagt.

Rothhuber. Ich habe nie daran gedacht.

Schwarzberger. Was? So hat die kleine Person ihren Spaß mit uns getrieben?

Rothhuber. Es scheint so. Wir sind also wieder politische Gegner?

Schwarzberger. Versteht sich — Krieg bis auf's Messer.

Rothhuber. Meinetwegen auch bis auf die Gabel. — Aber wie sieht es dann mit unserer grasgrünen Freundschaft aus?

Schwarzberger. Je nun, wenn ich mir's so recht überlege — abgesehen von deinen überspannten Ansichten bist du ein ganz guter Kerl!

Rothhuber. Und ich hätte nie geglaubt, daß ich mit einem Zopf wie du so zurecht kommen würde.

Schwarzberger. Auch muß ich gestehen — von einem bestimmten Standpunkt aus, haben auch deine Ansichten ihr Gutes.

Rothhuber. O, in gewissem Lichte betrachtet, sind die deinigen auch nicht ganz ohne — mit einigen Einschränkungen hast du ganz Recht.

Schwarzberger. Und du nicht minder! Aber — auf diese Art hätten wir ja alle Beide Recht?

(Beide sehen sich verblüfft an.)

Rothhuber (tiefsinnig). Hm! Entweder haben wir Beide Recht, das kann nicht sein — oder es hat nur Einer Recht — das geht wieder nicht an — da bleibt nichts Andres übrig als — Keiner von Beiden hat Recht!

Schwarzberger (ebenso). Hm! hm! Das ist mir zu rund. Höre, wenn wir's dahingestellt sein ließen, wer Recht hat und nicht mehr darnach fragten?

Rothhuber. Meinst du? Dann könnten wir auch ungestört Freunde bleiben?

Schwarzberger. Eingeschlagen, wir sind's! Aber wie ist mir denn? Wenn wir das wollen — warum sind wir denn eigentlich von zu Hause fort?

Rothhuber. Warum? Das will ich dir auseinander setzen. Siehst du — (nimmt einen Anlauf, bleibt aber stecken) Ja so — warum? Siehst du, das war so: du warst daheim, nicht wahr? — Und ich — ich war auch daheim — und die Verhältnisse — versteh' mich recht — die Verwickelungen (abbrechend) Hm, was meinst du, es war doch schön daheim?

Schwarzberger. Ob es schön war! Die bequemen Häuser und Wohnungen ...

Rothhuber. Und wie Alles leicht zu haben ist! Man braucht nur um die Ecke zum Nachbar Krämer zu gehen.

Schwarzberger. Und Abends nach des Tages Last und Hitze —

Rothhuber. Ich verstehe dich, gleichgestimmte Seele — das Wirthshaus —

Schwarzberger. Mit den drei Wahrzeichen.

Rothhuber. Schlegel —

Schwarzberger. Nieren —

Rothhuber. Brustbraten.

Schwarzberger. Dazu einen steinernen Maaskrug, frisch angestochen.

Rothhuber (schüttelt ihm gerührt die Hand). Schweig! Laß uns in den Urwald gehen und unsern Schmerz ausweinen. Auch ich war in Arkadien geboren.

Schwarzberger. Ich auch. Das muß der Schiller eigens für uns Beide geschrieben haben.

(Arm in Arm ab.)

Siebenter Auftritt.

(Riebl. Sabine. Rose. Georg.)

Riebl (aus dem Hause, umhersehend). Nichts! Ueberall nichts! So schickt sie mich alle Stunden ein paar Mal heraus; ich folge wie eine Maschine, obwohl ich weiß, daß es vergeblich ist. Wenn ich nur nicht wieder hineingehen und sehen müßte, wie sie die großen dunklen Augen auf mich heftet und wie sie dann, wenn sie in meinen Mienen keinen Trost gelesen, in sich zusammenfällt und in Thränen ausbricht ... Armes Weib! Armes Kind, und — das weiß Gott! noch ärmerer Vater!

Sabine (unter der Thüre mit Rose und Georg). Ich muß sie herausführen, Jakob, sie will's durchaus!

Rose (sich setzend). Sei nicht böse, Jakob, aber ich halt' es da drinnen nicht mehr aus — das niedere Dach drückt mich — es ist so heiß. — O wie war es daheim so kühl, vor unserm Hause im Lindenschatten.

Riebl (wendet sich ab).

Rose. Mir ist immer, als müßt' ich das Kind eher sehen. — Ich mein', Ihr schaut nicht so genau, wie eine Mutter thut.

Riebl. Sieh' selbst, von hier kann man die ganze Prairie übersehen und du siehst, nirgends zeigt sich eine Spur.

Rose. Nirgends — nirgends! O, ich werde sterben müssen und mein holdes Kind nicht wiedersehen. (Blickt wieder zurück — aufschreiend.) Ha, was ist das? Dort, dort, am Rande der Prairie —

Riebl. Wo — wo?!

Rose. O, ein Mutterauge reicht weit. Es sind Reiter! Sie fliegen — sie berühren den Boden kaum — ein Weib ist weit voraus. (Aufschreiend.) Ach — sie ist es! Sie kommt — sie bringt mir mein Kind.

Achter Auftritt.

(Vorige. Lise mit Hanne. Opisha. Indianer. Rudolf ellen aus dem Hintergrunde hervor.)

Hanne (von der Ferne). Mutter! Mutter!

Rose. Mein Kind! mein Kind! (Streckt Hanne die Arme entgegen und sinkt dann mit ihr zusammen, indem sie sie küßt, drückt und betastet ob sie unversehrt ist.)

Riebl (eilt Lise entgegen und führt sie vor). Du bist's wirklich, brave, muthige Lise — unser Schutzengel.

Sabine (umarmt Lise weinend). Ja, du bist ein wahrhaftiger Engel — verzeih' mir's nur, daß ich dich oft angeschnurrt habe.

Riebl. Wie kann, wie soll ich dir danken?

Lise. Macht nicht so viel Gerebel! — Dankt Gott und nach ihm dem rothen Manne da — ohne ihn hätten wir uns wohl nicht mehr gesehen.

Opisha. Nichts davon. Der weiße Rabe hat auch Kinder, denen wird er erzählen, was er hier gesehen; das ist sein Dank! Gedenke sein, wackeres Mädchen, mit dem Herzen der Rothhaut — gedenke des weißen Raben und der große

Geist sei mit dir! (Mit den Indianern ab.)

Rose (nach vorne kommend). Dir danken, Lise? Das können wir nicht. Aber wenn mich nicht Alles täuscht, ist hier Jemand, der es thun will für uns Alle (führt Rudolf, der bis jetzt mit lebhaftem Antheil bei Seite gestanden, zu Lise).

Rudolf. Wie nun, Lise? Dein Werk ist vollendet. Du hast das Glück in dieses Haus gebracht; nun begründe auch das meine — wirst du jetzt antworten, wenn ich dich frage: Lise, willst du die Meine sein?

Lise. In Gottes Namen denn! Euer treues, liebendes Weib bis in den Tod. (Umarmung.)

Rose. Und Segen, tausendfachen Segen über dich!

Letzter Auftritt.

(Vorige. Schwarzberger. Rothhuber. Zug der deutschen Ansiedler. Die Musik intonirt leise das Motiv des Schlußchores.)

Schwarzberger. Sieh' da, Thränen, allgemeine Umärmelung! Hier ist das Glück also bereits eingekehrt.

Riedl. Was für ein Zug, was bedeutet das?

Schwarzberger. Das bedeutet, daß das Glück nie allein kommt, wir bringen auch ein Stück davon mit. Alle deutschen Landsleute haben ihre Ansiedelungen verlassen, und gehn wieder heim!

Sabine. Heim? Ist das über's Meer, in unser Dorf?

Rothhuber. Freilich — über's Meer, in unser Dorf.

Schwarzberger. Es giebt große Neuigkeiten, und wir haben von Allem in unserer Einöde da nichts gehört.

Rothhuber (mit einer großen Zeitung). Ja und obendrein Neuigkeiten, die der Mühe werth sind; denkt nur, der Franzosenkaiser hat Deutschland den Krieg erklärt.

Sabine. Mirakel!

Rothhuber. Noch größeres Mirakel — die Deutschen sind einig und haben die Franzosen gehauen nach Noten.

Rudolf. Ist es möglich?

Rothhuber. Da lest nur! (Giebt Rudolf die Zeitung.) Schwarzberger!

Schwarzberger. Rothhuber!

Rothhuber. Was meinst du? Wollen wir allein hier zurückbleiben bei den Brüllfröschen und Klapperschlangen?

Schwarzberger. Aber sie werden uns auslachen.

Rothhuber. Sorge nicht, ich werde schon eine schlagende Ausrede ersinnen.

Rudolf. Darf ich den Augen trauen? „Paris rings eingeschlossen von der siegreichen deutschen Armee: im Lager von Versailles der neue Kaiser des neuen deutschen Reichs verkündet!" — O mein Gott — du Traum des Knaben — du Sehnsucht des Jünglings, soll der Mann dich wirklich schauen dürfen? — O dann steigt eine neue Zeit für dich herauf, geliebtes, deutsches Vaterland! Eine Zeit der Größe und Freiheit — und ich wäre dir fern? Nein, ich höre deine Stimme! Du rufst all' deine Söhne zu dir — an dein großes, liebendes Mutterherz!

Riedl. Und es soll nicht vergebens rufen. Die neue Zeit wird das Recht des Bauern ehren, wie das des Prinzen. Weib! Weib! — Mutter! an meine Brust. Wenn es so ist, kehren wir Alle zurück.

Rothhuber. Wenn die verehrte Gesellschaft nichts dagegen hat, würden auch wir Beide um ein Plätzchen bitten als Rückfracht.

Lise. Wie? Meister Rothhuber, auch Ihr wollt wieder fort — aus dem Lande der Freiheit?

Rothhuber. I wer sagt denn das? Ich will nicht fort. Ich komme wieder — ich habe nur daheim etwas vergessen.

Schwarzberger. Ja und weil das Schicken und Schreiben gar so umständlich ist —

Rothhuber. Und weil das Porto so viel kostet und gerade eine billige Retour zu haben ist —

Schwarzberger. Und weil uns doch der Mund wässert nach den drei Wahrzeichen —

Rudolf. Wohlan denn, so ziehen wir denn alle wieder heim, durch Erfahrung gereist. Wir haben die ferne Fremde geschaut, aber das Herz zieht uns zurück und mit dem Dichter rufen wir:

„In's Leben flicht sich, als das schönste Band,

„Des Hauses Glück im freien Vaterland!" —

(Musik fällt ein.)

Life (tritt vor und singt).

Aus den Bergen überm Walde
Steigt herauf ein schöner Stern,
Leucht't zum Wiedersehen balde
Heimwärts aus der fremden Fern!
Neu zu dir,
Kommen wir,
Grüßen dich mit Mund und Hand:
Vaterland! O Vaterland!

(Chor repetirt den Schluß. Gruppe.)

Der Vorhang fällt.

www.ingramcontent.com/pod-product-compliance
Lightning Source LLC
Chambersburg PA
CBHW032141270626
47172CB00009B/833